De parfaits étrangers

CÉLINE ROUILLÉ

City
Poche

Retrouvez tous les titres City Editions :

www.city-editions.com

Photo de couverture : © Sandra Cunningham / Trevillion Images
ISBN : 978-2-8246-2289-7
Code Hachette : 11 6174 5

Collection dirigée par Christian English & Frédéric Thibaud.
Catalogue et manuscrits : city-editions.com

Dépôt légal : Octobre 2023

1

— Mademoiselle ?

Lyor regarde son caddie. Il déborde. Elle a les yeux scotchés aux canettes de Coca. Elle a pris quatre paquets de six. Tout est parfaitement à sa place, rangé de manière optimum. Pourquoi les canettes sont-elles emballées par six et pas par quatre ou par huit ? Est-ce que le foyer moyen consomme six canettes par semaine ? Est-ce que le coût de production est moins élevé en emballant les sodas d'une contenance de 33 centilitres par six ? Est-ce que c'est plutôt un stagiaire ou une jeune étudiante fraîchement sortie de l'école qui l'a décrété ? Ou un homme en fin de carrière qui a voulu laisser une dernière empreinte, parce qu'il en avait assez que personne ne prenne la décision ?

—Mademoiselle, s'il vous plaît ? Ça fait 153 euros, vous réglez comment ? Vous avez la carte du magasin ?

Mais pourquoi a-t-elle pris toutes ces canettes ? Ce n'était pas sur la liste de Noam et puis elle déteste cela, le Coca. *Tu prends des brioches, des jus de fruits, et tout ce qui te tente, ce qui te passe par la tête pour un petit déjeuner, ou même un brunch si tu veux. On sera une vingtaine.* Du Coca, pour un petit déjeuner, jamais on n'a vu cela. De toute façon, l'idée même de ce petit déjeuner n'a pas de sens. *C'est important que tu rencontres les nouvelles têtes, qu'elles te voient, pour l'esprit d'équipe tu comprends ?* Non, elle ne comprend pas. Noam a toujours des bonnes idées mais celle-ci n'en fait pas partie. Pourquoi auraient-ils tous besoin de voir sa tête à elle ? Elle leur parle, elle leur écrit, c'est comme cela qu'elle les a tous recrutés et qu'elle continue de travailler avec eux, sans les voir, c'est très bien comme cela.

Cette fois ce sont les gens qui s'impatientent. Lyor ressent le bruissement d'agacement et d'incompréhension qui prend de l'ampleur parmi les clients qui font la queue. Elle s'arrache à sa contemplation et plonge la main dans son sac. Elle tend deux billets à la caissière et s'enfuit en s'obligeant à pousser son chariot, surtout ne pas le planter là, tout bien rangé qu'il est, avec ses canettes de Coca et ses jus de fruits 100% sans sucre ajouté. Elle ignore la femme qui l'appelle pour qu'elle récupère sa monnaie, elle l'entend à peine d'ailleurs et elle franchit les portes automatiques en s'empêchant de courir. Elle charge tout dans le coffre, sauf les canettes. Quelqu'un sera bien content de les trouver là. Un cadeau surprise, directement dans le caddie. Elle file le ranger avec les autres, elle veut partir d'ici, vite.

—Eh doucement !

Dans sa hâte elle n'a pas pris garde à qui était sur son chemin. Son chariot a roulé sur les pieds de quelqu'un. Elle s'excuse, enfonce le clip dans la fente prévue du caddie précédent et tourne les talons, pressée d'en finir.

—Vous roulez souvent sur les pieds des gens comme ça ?

Elle s'arrête et se retourne vers la voix. Elle appartient à un homme d'une trentaine d'années, les yeux cernés, mal rasé, habillé drôlement, comme s'il avait hésité entre aller faire un footing, pour le bas du corps, et présenter le JT, pour le haut, le brushing en moins. Un coup d'œil et c'est reparti pour le tourbillon dans la tête de Lyor ; cet homme-là va chez le coiffeur tous les mois, il met du gel sur ses cheveux tous les matins, il repasse ses chemises mais n'en a jamais d'avance, ce qui explique qu'il porte celle du jour avec une tache de café apparente sur la poitrine, à moins que cela se soit passé pendant qu'il conduisait, avec un mug isotherme comme on en voit maintenant partout, pour les personnes qui n'ont pas le temps de prendre le café chez elle et qui l'emportent sur le trajet du travail, parce que le temps c'est de l'argent, ou bien parce qu'elles ne supportent plus celui ou celle dont elles partagent le quotidien et qu'elles grignotent chaque minute hors de leur vue, à l'affût de toutes les opportunités de s'échapper plus tôt ou de rentrer plus tard, ou alors c'est un mug offert, et il veut faire plaisir en l'utilisant… STOP ! Lyor met un coup de hache dans le flot des pensées qui s'accélère de plus en plus et tranche en répondant la première chose qui lui vient à l'esprit :

—Je me suis excusée. Ça va, il était vide et puis vous n'êtes pas en tong non plus !

C'est sorti de manière un peu rêche. Elle a envie de s'excuser maintenant, il doit déjà passer une sale journée avec cette tache de café sur sa chemise, si en plus il se fait agresser par une inconnue sur le parking du supermarché… Il la regarde, ça a l'air de l'amuser lui. Tant mieux, elle préfère, même si elle ne voit pas ce qu'il y a de drôle. Ils s'observent en silence quelques secondes, il ne répond pas. Elle tourne les talons et va se réfugier derrière son volant, portière verrouillée, enfin seule. Elle respire, essaie de faire le tri, de chasser les pensées inutiles, de décider ce qu'elle doit faire. Elle sait qu'elle est déjà en retard, elle doit réfléchir proprement. Ça toque à la vitre, elle sursaute, quoi encore ? C'est le présentateur en jogging. Elle l'ignore, tant pis pour les bonnes manières, elle retourne à son volant, met la clé dans le contact. Il insiste. Le voilà qui fait le tour et qui se plante devant elle, à travers le pare-brise et qui lui montre fièrement les canettes qu'elle a laissées dans son chariot. Elle sait que ça peut durer longtemps, cette nouvelle interférence l'empêche de se concentrer. Elle descend la vitre.

—Prenez-les, je n'en veux pas.

—Pourquoi vous les avez achetées alors ?

—Aucune idée. Vous pouvez vous pousser s'il vous plaît ?

Il hausse les épaules et s'écarte. Elle attend qu'il soit tout à fait éloigné, elle ne voudrait pas lui rouler sur les pieds avec sa voiture cette fois. Elle démarre, sans avoir pu faire le tri dans ses pensées, le cerveau tout emmêlé. Elle s'oblige à regarder la route, les panneaux, les autres véhicules, uniquement cela.

Elle se gare à 200 mètres du local et elle appelle Noam. Elle n'ira pas, c'est décidé. C'est trop compliqué, ça manque de préparation, ce ne sera pas efficace, ça va modifier l'ordre des choses, elle n'en voit pas la raison. Il va comprendre. Noam comprend toujours.

—T'es en retard.

—Je ne suis pas en retard, j'ai un empêchement. Mais j'ai fait les courses, je suis sur la place, si tu veux venir récupérer les trucs.

—Gare toi dans la cour, c'est plus simple, on videra ensemble.

—Noam je ne viens pas. Je ne peux pas.

Elle le devine à l'autre bout de la ligne, inspirer calmement, soupirer discrètement.

—Tout le monde est là. Ils t'attendent.

—Je ne peux pas.

—Bon j'arrive. T'es chiante tu sais ?

Elle raccroche. Non elle ne sait pas vraiment, mais elle le croit quand il dit que ce n'est pas facile tous les jours de travailler avec elle. Noam et elle, ça fait sept ans maintenant, la seule amitié qui traverse les années sans une cicatrice, parce qu'il soigne toutes les écorchures au fur et à mesure, ça oui, elle le sait. Il y a Naomie aussi, mais son amie parisienne est loin, et elle ne s'est pas pardonnée les derniers mots qu'elles ont échangés.

Elle lui manque parfois douloureusement mais Lyor ne sait pas entretenir le lien à distance. Elle, la reine de l'écran et des micros, ne parle avec les siens, avec ceux qui comptent, qu'en face à face. C'est un autre sujet de discorde avec Naomie, les retrouvailles n'ont jamais eu lieu depuis son départ, elle les a rendues impossibles. Avec Noam, tout a toujours été simple et évident. Ils ont créé leur entreprise il y a cinq ans, une société de service en informatique. Elle était encore partie sur un coup de tête de son dernier emploi. Elle s'ennuyait partout au bout de quelques semaines. Elle avait envie de répondre à des projets de plus grande envergure ou de plus forte complexité. Elle contestait constamment, mais sans vraiment s'en apercevoir, toutes les autorités qui ne lui semblaient pas légitimes. Elle écoutait plus volontiers les idées malignes des stagiaires, que celles, parfois poussiéreuses, de ceux qui avaient la place contractuelle et institutionnelle pour décider. Elle exaspérait tout le monde, elle ne supportait aucun cadre. Elle avait fini par se dire que faute de rentrer dans les moules qu'on lui proposait, elle allait inventer le sien. Noam l'avait suivie en posant deux questions. Quelle forme de société ? Quel apport devait-il donner ? Il avait une confiance aveugle en elle. Elle lui était redevable de cela et ne lui ferait jamais faux bond pour la même raison. Depuis cinq ans, la société a bien poussé. Lyor s'occupe des projets, choisit les offres auxquels ils peuvent répondre, recrute les ingénieurs, et continue de programmer et de développer à sa guise sur ce qui lui plaît. Elle ne met les pieds à la boîte que quand tout le monde est parti, de temps en temps, le week-end principalement ou le soir, une fois les lieux vides. Noam gère le commercial, il s'occupe du site et des gens qui y travaillent. Tout se passe bien depuis le début comme ça. Il voulait fêter les cinq ans, marquer le coup, elle n'a rien contre, mais elle ne voit pas ce que sa présence apporterait.

Elle le voit arriver de sa démarche nonchalante dans le rétroviseur. Noam n'a jamais l'air pressé, quelles que soient les circonstances. S'il y avait le feu, il sauverait tout le monde en sifflant et en plaisantant. Il est habité par cet air décontracté qui donne l'impression qu'il a toujours la tête dans les nuages alors qu'il a les pieds sur terre comme personne, dans toute situation. Elle devine qu'il est préoccupé à sa main gauche qui ébouriffe ses cheveux blonds. Elle sort pour aller à sa rencontre et l'attend adossée à la voiture. Il se plante face à elle, il lui envoie son sourire habituel, celui qui désarme tout le monde.

—Alors Miss ?

—Alors quoi ?

—On fait quoi ?

—Bah je te laisse prendre les courses, moi je rentre. Le coffre est ouvert.

Lyor regarde leurs reflets dans la vitrine de chaussures. Elle attend qu'il se mette en mouvement. Il ne bouge pas.

—Allez viens, ça va bien se passer.

—Je ne vais pas savoir quoi leur raconter. À part parler travail tu veux que je leur dise quoi ?

—Ce sont eux qui vont te parler. Tu viens de leur verser une prime comme jamais ils n'en ont eu, ils bossent comme des fous, tous, ils admirent ton travail, ils veulent juste te rencontrer, te remercier sans doute aussi.

—Il n'y a personne à remercier, ils ont eu le fruit de leur travail, c'est de l'argent mérité, pas un cadeau. Et tu étais d'accord, ils peuvent te remercier toi tous les jours si ça leur chante.

—Arrête. Tu vois ce que je veux dire. T'es pas à l'aise je sais, je t'ai préparé des trucs à dire là, regarde.

Il lui tend une feuille, elle ne la regarde pas.

—T'es chiant toi aussi.

—Une demi-heure et après tu files. Je ferai le service après-vente.

Lyor attrape la feuille, lit les mots que Noam a jetés dessus.

—Ce genre de trucs ? Sérieux ?

—Sinon tu improvises, mais ça ils ont envie de l'entendre.

—Ils ne le savent pas déjà ?

—Certains oui, d'autres pas, et tous ont besoin que la chef le dise.

—T'es autant le chef que moi.

—Moi c'est pas pareil, ils savent que le cerveau c'est toi. Moi ils m'aiment bien, toi ils t'admirent.

—Trente minutes hein ?

—Promis.

—Et ne dis plus jamais que je suis le cerveau.

Il acquiesce, imperturbable. Elle remonte dans la voiture et claque la portière, un peu fort. Elle attend qu'il la rejoigne sur le siège passager et fait demi-tour pour rejoindre l'entrée de la cour qui abrite leur société.

—Arrête de sourire Noam.

—Je ne souris pas, c'est ma tête tu sais bien.

Elle secoue la tête. Elle fait ça pour lui, elle lui doit bien quelques concessions et elle n'ignore pas la date du jour, c'est déjà une sale journée pour Noam, un anniversaire dont on se passerait, cela fait un an que son père est mort. Elle se concentre là-dessus, et puis elle sait aussi qu'après elle sera tranquille pour le reste de l'année.

2

Emma s'abrite sous les branches du saule pleureur de la cour. Cela lui fend le cœur de devoir couper l'arbre voisin, ce bouleau qui doit être plus vieux qu'elle et qu'elle voit de la fenêtre de la cuisine. Mais il est trop haut, il menace sérieusement le fil électrique qui longe la cour et qui alimente tous les bâtiments, et un bouleau *ma petite dame*, ça ne s'étête pas, sauf si vous voulez le faire crever lui a assené l'arboriculteur qui vient de partir.

Non elle n'a pas du tout envie de le faire crever, mais elle a besoin de l'électricité et elle n'a pas le bras assez long pour que les travaux d'enfouissement des câbles soient mis au programme des prochaines années par la commune. À chaque tempête, l'arbre menace dangereusement le fil. Elle est triste de lui dire au revoir à ce bouleau, elle n'avait pas besoin en plus de ce *ma petite dame*. Trois mots qui l'ont un peu griffée. Ils lui rappellent qu'elle a eu cinquante ans, qu'elle ne les a même pas fêtés parce ses garçons sont loin et parce qu'elle a décidé de quitter sa région pour venir s'installer ici. C'était il y a trois ans déjà, un déménagement pour aller de l'avant, pour cesser de croiser les fantômes de sa vie d'avant. Ici, elle n'a aucune chance de tomber sur son ex-mari, sa nouvelle femme ou sur les mauvaises langues du quartier, mais il est aussi devenu compliqué d'entretenir les amitiés qui ont survécu au divorce. Il n'est pas simple non plus d'en nouer de nouvelles. Elle pense à tout cela et la douleur de voir l'arbre tomber est un peu moins forte, ça s'équilibre. Il faudra quand même scier tout ce bois, parce qu'*au prix que je vous fais, je ne vous découpe pas le tronc après hein ?* Le bois de bouleau pour la cheminée, ça devrait être pas mal, elle vérifiera, et puis, couper du bois, ça vide la tête, ça chasse les pensées, elle pense trop ces derniers temps. Fichu anniversaire.

Il part enfin. Elle n'a pas aimé cet homme. Elle a eu l'impression de se faire rouler dans la farine, un goût qui a du mal à partir. Il a quand même eu la courtoisie de faire rouler le tronc le long de la bâtisse, si on ne fait pas trop attention on peut ne pas le voir gésir. Elle nettoie la cour, retire « le gros » et regarde son bouleau au sol. Elle pourrait s'atteler à la tâche maintenant. Elle pourrait aussi profiter d'avoir pris un jour de congé pour prendre un vrai moment, appeler quelques amies, organiser quelque chose, fêter ses cinquante ans quand même, même si la date est passée, faire en sorte que ce soit une jolie journée, aller faire un tour à la mer pourquoi pas ? Elle n'est qu'à 10 kilomètres mais elle n'y va jamais. Pourtant c'est aussi pour cela qu'elle a déménagé ici, pour se rapprocher de toutes les teintes de la mer d'Iroise. Elle caresse le tronc de ses arbres, celui qui se tient encore debout pour longtemps espère-t-elle, qui balaie la cour de ses longues branches chevelues, et la souche de celui qui vient d'être coupé. Oui, elle va appeler ses amies, sinon elle finira par n'avoir pour compagnie que son saule pleureur et ses voisins qui traversent la cour en coup de vent sans jamais s'arrêter pour parler.

La maison est à l'image de ce qu'elle avait voulu. C'est une bâtisse traditionnelle de la région, trois longères en U, indépendantes les unes des autres, séparées par un parterre de fleurs qui serpente entre les pierres. Elle habite le bâtiment le plus long, celui qui fait face à l'entrée de la cour, de plain-pied, avec son toit à deux pentes et les fenêtres disposées à la limite de celui-ci. Pour aller dans les combles aménagés il faut emprunter un escalier extérieur. Elle avait pensé un temps à ajouter un accès par l'intérieur de la maison mais elle ne l'a pas fait, avec le recul c'était une bonne décision.

À l'intérieur les pièces sont en enfilade. Elle a cassé le mur qui donne sur les champs, remplacé les pierres taillées dans un schiste rose pâle par une baie vitrée sur deux mètres pour faire entrer la lumière et pouvoir plonger dans la campagne à perte de vue. Elle vit dans le salon et sa cuisine ouverte. Deux chambres et un petit bureau complètent le rez-de-chaussée. Pour le premier bâtiment perpendiculaire, elle a plein de projets. Trop de projets même. Il a connu de multiples vies, il a principalement accueilli des animaux, des chèvres, des moutons, et même quelques vaches pour un temps croit-elle savoir, avant d'être transformé en garage pour du matériel agricole, en lieu de stockage, en garde-meubles. Elle est devenue propriétaire de l'ensemble sur un coup de tête. Elle n'avait pas mesuré les charges assorties au luxe de disposer de tout cet espace. Elle a mis la plus grosse partie de ses économies dans la réparation du toit et dans l'isolation du bâtiment annexe. Elle ne sait plus trop quel rêve elle poursuit avec cet endroit. Elle l'avait au début imaginé abriter les jeux et les rires de toute la famille, ses enfants et leur propre progéniture, pour les vacances et les week-ends. Elle avait projeté d'accueillir ses amis pour des retrouvailles confortables, des soirées sans fin et des matinées paresseuses, mais la vie a pris un autre virage, cette version-là s'éloigne. Et puis il y a la grange. Là tout est encore à faire. Seul le toit a eu droit à quelques réparations, le reste n'est que terre battue et pierres à nu. En guise d'électricité il n'y a qu'une seule arrivée et le point d'eau est à l'extérieur. Pour cette partie de la ferme elle a un vieux rêve qui s'adapterait parfaitement. Le principe de réalité lui permet au moins de ne pas s'éparpiller. Pour le moment, elle conserve ses envies et son imagination à l'abri de la poussière dans une boîte en carton même si désormais, cela a un peu moins de sens. Elle a tout le temps de réfléchir, rien ne presse. En attendant, elle a deux locataires pour les parties rénovées. Elle a demandé à une agence de s'en occuper. Les contrats, les assurances, les loyers, elle préfère reverser une partie chaque mois de ce qui lui est payé plutôt que de s'encombrer de cette paperasse-là et d'avoir à négocier avec ses voisins.

Dans la longère annexe, seules deux pièces sont habitables, sans compter celle qui fait l'angle et qu'elle a transformée en buanderie pour tous les habitants, avec un accès indépendant. Elle a posé quelques meubles et cette habitation un peu rustique plaît beaucoup aux locataires de courte durée ; des étudiants véhiculés, des couples qui emménagent et qui cherchent un endroit quelques semaines ou quelques mois le temps de faire leur nid ailleurs. Elle a accueilli une femme qui venait de divorcer, un homme aussi. Ils ne restent jamais très longtemps. Les étudiants sont les plus stables. Ils sont là le temps d'une année universitaire, avant de réaliser que si l'air et le silence de la campagne sont propices aux révisions, ils risquent aussi de les faire passer à côté de plaisirs qui sont davantage de leur âge. Ils finissent en général par céder aux sirènes d'une colocation en ville. Pour quelques jours encore, cet appartement insolite est vide. L'agence lui a conseillé de refaire la salle de bain pour mieux le louer. *C'est la campagne, mais la simplicité n'exclut pas le confort.* Ça les fatigue un peu tous ces locataires qui vont et qui viennent, il faut tout recommencer à chaque fois. La nouvelle douche à l'italienne, un chauffe serviette et un carrelage clair et sobre viennent d'être installés. Elle a mis la main à la pâte, tenir le cordon d'une bourse qui s'assèche permet de développer certaines habilités. Pour la plomberie elle n'est pas au point, mais pour les joints et la coupe des carreaux, elle peut cocher la case. Elle doute que cela stabilise vraiment la durée des locations mais de toute façon ces travaux étaient prévus. Le prochain occupant vient poser ses valises à la fin de la semaine. Elle aurait préféré une femme mais celles qui sont venues visiter, si elles ont été séduites par l'endroit, l'ont trouvé trop reculé pour y projeter un quotidien qui dure.

Au-dessus de son salon, le grenier est parfaitement aménagé. Il offre un espace indépendant avec cet escalier extérieur. Elle le proposait en location courte aussi mais la première personne à l'occuper ne l'a jamais quitté. Deux ans déjà. Mais c'est comme s'il était inhabité. Elle ne la croise jamais, tout juste dans la cour quelque fois, quand elle part ou revient d'une course. Elle ne sait presque rien d'elle, si ce n'est qu'elle règle ses loyers au trimestre, qu'elle ne reçoit presque jamais et qu'elle doit savoir un peu bricoler elle aussi puisque jamais l'agence n'a été appelée pour une quelconque réparation. Elles sont comme deux voisines anonymes dans l'immeuble d'une grande ville, elle s'y est habituée. Cette proximité silencieuse ne lui semble plus étrange désormais. Au début elle est allée vers elle, elle lui a offert son aide en cas de besoin. Cette jeune femme lui disait quelque chose, elle avait l'impression de l'avoir déjà croisée, sa locataire avait démenti de manière un peu véhémente. Emma n'a plus cherché à savoir. Elle n'est pas curieuse, elle n'aime pas les gens intrusifs. Par le passé elle a essuyé les plâtres de ce type de relation, elle n'a pas insisté. Elle a d'abord pensé que la distance que prenait soin de conserver la jeune femme était de la timidité. Les jours passant, elle a compris qu'il n'en était rien, elle ne recherchait pas le contact, elle semblait comme indifférente aux autres. Emma a beau s'être installée dans un endroit reculé, elle n'en est pas moins un être sociable. Tout autant que l'apport d'un revenu complémentaire pour financer les travaux, elle reconnaît qu'elle attendait aussi de ces locations un peu de vie et de compagnie. La voilà fixée. Au bout de ces premières années, elle a appris qu'il faut qu'elle tisse des relations au-delà de sa propriété.

Elle se sert un verre d'eau et attrape son téléphone avant d'aller s'installer côté champs. Elle va appeler Sophie et Jeanne, ensuite elle ira à la plage avec ce roman dont elle n'a fait que lire la quatrième de couverture depuis qu'elle l'a acheté. Depuis le temps, il a dû sortir en format poche, encore un achat compulsif.

Sophie a été la première à savoir, pour Éric et elle. Elle ne sait plus de quelle manière elle a présenté la situation mais elle se souvient qu'elle n'a pas eu besoin de raconter grand-chose. Sophie l'a invitée au restaurant et elle l'a écoutée. Emma n'attendait ni conseils ni consolation, elle en est encore reconnaissante à son amie de l'avoir compris instantanément. Éric et elle avaient vécu une belle histoire, un amour sincère et réciproque, quelques rares disputes dont elle se souvenait à peine. Ils avaient voyagé, un peu, ils avaient construit une famille, quatre garçons, aujourd'hui âgés de vingt-trois à trente ans. Éric et elle, ça avait été des dîners et des vacances avec les copains, des amitiés qui traversaient les années, des coups durs surmontés ensemble, des bonnes nouvelles fêtées en grande pompe, avant de devenir progressivement l'histoire classique d'une relation qui s'étiole en même temps que les enfants quittent le nid, du silence qui s'installe alors qu'on ne l'attendait pas, des envies communes qui se raréfient, des soirées puis des week-ends chacun de son côté. Le couple existait encore quand les enfants venaient, quand ils allaient dîner chez les amis, comme une reprise de la vie d'avant, puis il disparaissait jusqu'à la fois suivante. Ils ne se gênaient pas, ils auraient pu continuer encore comme cela, toute leur vie peut-être même, en partageant leur toit à défaut de dormir dans le même lit pour des raisons qui ressemblaient beaucoup à des excuses, *on dort mieux chacun de notre côté*… C'est Emma qui avait lancé le sujet, un dimanche soir, quand le temps était au ralenti. *Tu crois qu'on devrait essayer de vivre différemment, chacun de notre côté ?*, avait-elle demandé, comme elle aurait lancé *tu crois qu'on devrait repeindre la cuisine ?* Éric l'avait regardée d'un drôle d'air et il avait répondu *on devrait en parler en tout cas.* Ils avaient changé, c'était comme s'ils se connaissaient moins qu'aux premiers jours de leur rencontre. Ils avaient parlé, ça oui. Peut-être qu'ils n'avaient pas su prendre soin de la chance qu'ils avaient eu d'être heureux, ni réussi à entretenir le plaisir d'être ensemble, de continuer à se réjouir à la simple idée de partager du temps, un petit déjeuner, un film, un chantier de bricolage dans la maison. Ils avaient parlé quelques heures. Emma avait fait le calcul absurde de rapporter les minutes passées à parler de leur couple au nombre d'années partagées. Elle avait aussitôt chassé le résultat de l'équation pour éviter la tentation de la mélancolie ou du sarcasme. La décision lui avait pour autant semblé assez facile à prendre. Ils étaient d'accord, ils avaient toujours voulu vivre intensément, entièrement, cette camaraderie ne leur convenait plus. Emma n'avait pas pour autant été épargnée par quelques pincements de cœur. C'était un chapitre de vingt-cinq ans qui s'était refermé et un avenir un peu vertigineux qui s'ouvrait à elle. Il lui avait semblé avoir été prise de court. Elle avait regretté de n'avoir pas essayé une troisième voie. Rester ou partir...Dans leur cercle plusieurs avaient plutôt tenté la thérapie de couple, les voyages jamais faits, les rêves non réalisés, pour se jouer du temps et faire un croche-patte à la fin qui semblait inéluctable. Quelque fois cela avait fonctionné. Eux n'avaient pas essayé. Vendre la maison, vivre chacun chez soi, cela aurait pu être un nouveau départ, l'occasion de laisser de la place au manque, de l'espace à la réflexion. Emma avait expérimenté ces sentiments les semaines qui avaient suivi leur déménagement. Mais Éric avait tourné la page sitôt les cartons faits. La réflexion avait tourné court. Il n'y avait pas eu de deuxième départ. Pour Emma, le manque avait pris un peu plus de place, les souvenirs avaient encombré ses pensées, mais elle ne pouvait en vouloir à personne, après tout, c'était elle qui avait initié tout cela.

Elle n'est pas d'une nature cafardeuse. Elle est plutôt du genre à assumer et à aller de l'avant en fonction du virage que prennent les évènements. Rien ne sert de courir après un homme qui ne veut plus de vous, elle le sait depuis qu'elle a dix-sept ans. Elle a donc accepté. Un quart de siècle ensemble, ça vous forge un paquet de relations et d'amis en commun, on n'arrête pas tout d'un claquement de doigts. Ils ont continué à se croiser chez les uns et les autres, pour le soulagement de tous. *C'est quand même rare les couples qui se séparent et qu'on peut continuer d'inviter au même dîner, c'est super !* Ça avait été *super*, oui, jusqu'aux premières rencontres d'Éric, une nouvelle compagne à chaque fois ou presque, et puis la même, une femme intelligente et charmante, qui n'avait de défaut que celui de se sentir en rivalité avec l'histoire d'Emma et Éric. *C'est compliqué pour elle de faire sa place, avec tout ce que nous avons vécu, peut-être que tu pourrais décliner les invitations de temps en temps, le temps qu'elle noue des relations avec ce petit cercle à son tour ? Ne sois pas* égoïste. Emma n'avait pas voulu accéder à cette demande, mais les invitations s'étaient espacées et elle ne croisait plus Éric aux barbecues ou aux anniversaires. Seules Sophie et Jeanne avaient tenu bon. *Il est invité avec qui il veut, mais qu'il ne nous parle plus d'exclusivité, si sa copine ne veut pas te voir, c'est leur affaire*. Les langues avaient quand même commencé à se délier ; Emma avait provoqué la séparation mais elle empêchait Éric de construire autre chose. Il y avait toujours une âme charitable pour lui faire savoir ce qui se disait quand elle n'était pas là. Elle avait été déçue d'apprendre que son ex-mari avait raconté à qui voulait l'entendre ce qu'elle pensait n'appartenir qu'à eux deux. La convivialité puis la courtoisie avaient déserté leur relation, elle avait pris ses distances avec le cercle historique de leurs amis communs, avant que s'impose la décision de changer d'environnement.

Trois ans plus tôt, à peu près à cette période, la santé de sa mère s'était brutalement dégradée. Elle s'était rapprochée d'elle, pensant lui apporter le réconfort le temps de sa guérison, mais elle ne s'était pas remise de cette maladie foudroyante. Emma n'avait pas pu repartir après cela. Elle était restée quelques mois dans la petite maison où sa mère avait toujours vécu, située à 500 mètres de la propriété principale qu'elle habite désormais. Avant de quitter l'agriculture bien avant sa naissance, les grands-parents d'Emma avaient exploité les hectares environnants pendant quinze ans. Ils n'avaient pas eu la santé assez solide pour cette vie-là et avaient quitté les longères, les semaines sans repos et les levers à l'aube pour se reconvertir dans la tenue d'un petit commerce dans le bourg voisin. Ils avaient vécu des revenus de cette petite épicerie de village tout en conservant les pierres qui étaient dans la famille depuis plusieurs générations en les louant à des fermiers.

Emma aurait dû vendre l'ancienne ferme, les derniers exploitants à y habiter avaient rendu les clés depuis plusieurs années, il y avait de la demande pour ce type de bien avaient assuré les agences qu'elle avait fait venir. Avec cet argent elle aurait eu le choix, les possibles étaient nombreux, mais elle avait décidé de venir s'y installer à la place. Elle avait grandi en contrebas de cet endroit, avait ouvert les volets chaque matin de son enfance en regardant ces champs, en écoutant les animaux se réveiller, en respirant les odeurs de chaque saison. À vingt-trois ans, son diplôme et son premier travail en poche, elle était partie. Elle avait voulu rompre la chaîne en ne reproduisant aucun des actes de sa mère et de sa grand-mère. Elle avait choisi un métier qui ne la rendrait pas prisonnière d'un lieu. Elle vivait au présent, ne faisait pas de calcul sur l'avenir. Elle était tombée amoureuse, passionnément, avait fondé une famille nombreuse, tout l'inverse des générations de femmes qui l'avaient précédée. Et pourtant, elle était revenue. Elle repense à ce jour où elle a mis en vente la maison de son enfance, celui où elle a décidé qu'elle s'installerait dans l'ancienne ferme. C'était une décision peu réfléchie et très instinctive, mais elle s'était sentie légère à l'idée de pouvoir vivre entre ces murs, de traverser la cour chaque jour, et de contempler les champs d'un autre point de vue.

Sophie n'a pas répondu. À cette heure-ci elle travaille. Emma n'a pas regardé sa montre avant d'appeler. Jeanne en revanche a décroché. Elle travaille majoritairement de chez elle, elle est correctrice et traductrice. Elle n'a pas hésité une seconde à l'invitation d'Emma. *Mais bien sûr ! Je serais venue même si tu n'avais pas appelé, tu as ouvert le bal de la cinquantaine, ça ne se rate pas ! Ton jour sera le nôtre, quelle que soit la date, nous serons là.* Jeanne viendra avec son compagnon, un homme qu'elle a rencontré à l'âge où d'autres se séparent, quarante-cinq ans. Tout le monde aime beaucoup Thibaud, son flegme et son humour. Il partage son goût pour la musique, les randonnées sans fin et les soirées à refaire le monde. Jeanne est heureuse avec lui, elle ne s'y attendait plus, cette rencontre l'a surprise. Emma repose le téléphone et s'étire face aux tournesols. C'est une journée pour aller voir la mer.

3

Lyor colle aux pas de Noam. Avant de franchir la porte il se retourne vers elle pour s'assurer que tout va bien. Elle ignore son regard interrogatif, elle lui en veut quand même un peu. Ils ont tous les deux les bras chargés de sacs pleins à craquer, ils n'ont pas passé le seuil que déjà trois personnes se précipitent pour les aider. Noam les écarte poliment, s'il veut que Lyor tienne parole, il lui faut de l'air.

—Ça va les gars, merci, allez plutôt prendre ce qui reste dans le coffre de la voiture juste derrière.

Lyor n'oublie pas de sourire à chaque visage qu'elle croise, une astuce que Noam lui a donnée. Quand elle ne sait pas quoi faire, elle sourit. *Quand tu t'empêtres dans les situations, tu as un regard assassin, les yeux revolver ce n'est beau que dans la chanson, dans la vie ça fait peur.* Alors elle sourit, parce que là, elle s'empêtre vraiment dans la situation. Elle les trouve tous très jeunes, elle n'avait pas idée. Elle ne regarde pas les dates de naissance. Ça ne l'intéresse pas, mais ça ne l'empêche pas de s'en étonner aujourd'hui. Elle prend son temps pour aller poser ce qu'elle a dans les bras sur les tables qui ont été installées, ça recule toujours de quelques minutes le moment où elle devra leur parler.

Elle vient en général quand l'endroit est désert, pour signer des documents, ranger les dossiers qui s'entassent chez elle. Elle n'est pas habituée à ce que l'air remue comme aujourd'hui. Elle aime beaucoup ce que Noam a fait de cet endroit. C'était un garage automobile auparavant. Quand ils ont décidé de déplacer le siège social dans cette petite ville, il a pris les choses en main et est tombé sur ce lieu dès le premier jour de ses recherches. Il a appelé un de ses amis pour mettre en forme les idées qui lui étaient venues instinctivement en visitant. Noam connaît du monde dans toutes les branches professionnelles, il a le don de la rencontre, encore une différence entre eux deux. Du travail avec ce jeune architecte est né l'improbable lieu qu'ils ont investi comme siège de leur société. Le style industriel est adouci par des murs végétaux, les espaces sont ouverts et séparés à la fois, tout est exactement comme il l'avait décrit quand le projet n'était encore construit que dans sa tête.

Elle a déposé tout ce qu'elle avait dans les bras, le moment est venu de se retourner et d'honorer la parole qu'elle a fini par donner à son acolyte. Trente minutes de socialisation, elle en est capable, le plus dur c'est le début, comme d'habitude. Elle relève la tête, croise son reflet dans la verrière, elle sait qu'elle n'a pas le physique que les gens imaginent la plupart du temps. Elle a l'air trop sage pour être la créatrice de cette société en informatique à la croissance exponentielle. Noam lui a dit une fois en s'esclaffant que les clients s'attendaient à voir tantôt une réplique d'Abby Sciuto, la gothique geek de la série NCIS, tantôt une femme en tailleur classique perchée sur des escarpins. Lyor fait très jeune, on lui donne vingt-cinq ans, six de moins que son âge réel. C'est aussi pour ça qu'elle préfère les contacts non visuels, on perd moins de temps. Dans l'assemblée qui l'attend dans son dos, la plupart des gens ne savaient pas à quoi ressemblait la femme qui les avait engagés avant cet instant. Ils ne voyaient sans doute pas cette petite brune menue, en jean et en baskets, aux longs cheveux raides, balayés par cette grande mèche blanche sur le côté droit, la seule chose qu'elle passe du temps à entretenir depuis qu'elle est en âge d'utiliser de l'eau oxygénée. Lyor n'a pas un visage qui sort de l'ordinaire tant qu'elle ne regarde pas ses interlocuteurs dans les yeux. Ses iris sont déroutants, une particularité qu'elle et sa jumelle partageaient, les yeux vairons, l'un marron et l'autre bleu, une troublante impression de déséquilibre qu'elle réussit à ne plus dissimuler depuis quelques années.

Elle n'aime pas parler en public, elle déteste avoir des dizaines de regards braqués sur elle et autant d'interprétations à ignorer. Elle a passé sa vie à essayer de se fondre dans la masse, à se mettre au rythme et aux couleurs de tout ce qui l'entoure pour ne pas se faire remarquer. Elle a appris à regarder un point sans accroche personnelle mais cela fonctionne mieux pour les grandes assemblées. Son incapacité à filtrer les informations exige d'elle des efforts et une forte concentration quand elle est en tête-à-tête, alors face à vingt personnes qu'elle ne peut considérer comme une foule anonyme, elle sait qu'elle va devoir puiser profondément en elle pour trouver les ressources nécessaires. Elle a toujours été comme cela, à devoir monter des barricades entre les idées qui galopent sans arrêt dans sa tête dans toutes les directions. Elle pense en escalier, les marches partent dans tous les sens et la contraignent à choisir en permanence l'idée sur laquelle elle va s'arrêter. Quand ce choix est fait, elle peut avancer, et elle va vite, mais quand les stimulations extérieures la perturbent sans qu'elle puisse actionner le tri, elle peut se retrouver prisonnière de longues heures de ce mécanisme infernal. Il n'y a que Noam qui sait vraiment, parce qu'il a assisté à un moment de ce type. Il l'a rassurée, comme toujours, il lui dit que ça ne se voit pas quand elle est aux prises avec ces réflexions qui galopent et l'encerclent au point de la rendre prisonnière, qu'elle a juste l'air d'être très concentrée, un peu sérieuse, au pire presque sévère.

Les choses ont un peu évolué quand même. À force de travailler elle arrive à s'arrêter sur moins de détails, à prendre moins garde aux expressions des visages, à ignorer de plus en plus le langage non verbal. Depuis qu'elle a compris à quel point on pouvait tricher avec cela, elle a décidé de ne plus s'y fier. Si elle est concentrée, elle y parvient.

Noam s'est approché. Il bouge deux verres et trois assiettes. Un geste prétexte, il ne fait cela que pour donner un peu d'élan à Lyor.

—J'y vais. Je me retourne dans quinze secondes, souffle-t-elle.

Il s'écarte, attend son mouvement. Tout le monde a compris. Personne ne parlait très fort mais le silence se fait avant même qu'elle ne soit face à la petite assemblée.

—Bonjour à tous.

Elle qui n'a jamais fumé a un timbre un peu rocailleux. Enfant déjà, sa voix était différente et cette particularité s'est accentuée à l'adolescence. *Tu parles trop peu, disait sa mère, ta voix n'arrive pas à se décider.*

C'est le moment le plus périlleux, celui où elle doit focaliser son attention, une seule direction surtout, celle du texte que Noam a préparé pour elle. Elle s'autorise quelques secondes d'échappées complètes, se demande si la jeune fille en face d'elle porte délibérément des chaussettes dépareillées, si la boucle d'oreille gauche est un cadeau qu'elle s'est offert ou si quelqu'un a choisi ce drôle de perroquet pour elle, qu'est-ce que cela signifie ? Qu'elle parle beaucoup ? Qu'elle répète tout ce qu'elle entend ? Ou juste qu'elle aime les couleurs chaudes ? A-t-elle perdu son double de l'oreille droite ou est-ce un trait chez elle, les chaussettes différentes, la boucle d'oreille unique, d'arborer un déséquilibre dans tout ce qu'elle porte ? Est-ce conscient, par effet de mode ? Ou sans s'en rendre compte, au titre d'un curieux trouble psychique, et comment celui-ci pourrait-il s'appeler ?

Noam se racle discrètement la gorge. Que ferait-elle sans lui dans ce genre de situation ? Sans lui, elle ne serait pas dans ce genre de situation, c'est plutôt cela. Il tousse, une fausse toux elle la reconnaît, le signal qu'il est là, qu'il lui prend la main et que tout va bien aller. Elle visualise le premier mot du texte et puis elle se lance. Elle déroule le premier paragraphe sans manquer de regarder les fronts de ses interlocuteurs en évitant leurs regards.

—Merci à tous d'être là. Je suis très heureuse de rencontrer celles et ceux qui travaillent si dur pour cette société que nous avons créée il y a cinq ans, avec quelques-uns d'entre vous déjà à l'époque. C'est un anniversaire mais c'est aussi une étape importante parce qu'elle nous confronte à un choix de taille, celui du développement ou de la spécialisation. Il y a cinq ans nous ne voulions renoncer ni aux jeux vidéo, ni aux solutions en ligne ou mobile, et encore moins à la création de logiciels sur mesure. Ce qui vous a plu autant qu'à nous c'est cette pluralité de projets, un éventail exigeant en temps, en investissement personnel et en connaissances qu'il s'agissait de perpétuellement actualiser voire de construire, mais qui répondait à toutes nos envies et qui écartait le risque d'ennui.

Aujourd'hui nous sommes arrivés au carrefour critique. Nous croulons sous les sollicitations, on devrait s'en féliciter mais au-delà d'une certaine frontière les délais qui s'allongent cessent d'être la preuve du succès pour devenir un frein peu compétitif. Ils peuvent détruire une petite société comme la nôtre malgré toute la qualité de ce que nous produisons parce que les clients ont peur d'être pris de vitesse par leurs propres concurrents eux aussi. Il y a donc deux autoroutes face à nous, celle qui nous fera embaucher et nous permettra de nous agrandir pour répondre à cette demande flatteuse, et celle qui nous fera renoncer à une partie de nos plaisirs pour répondre dans des délais acceptables à tous les autres. C'est la raison pour laquelle nous vous avons demandé de voter et de nous donner votre vision des jours à venir pour notre entreprise.

À cet endroit du texte Noam a laissé un espace pour lui signifier de marquer un silence. Elle l'a lu deux fois mais un bref coup d'œil à la feuille lui rappelle cette petite fantaisie. Il a volontairement mis en page les paragraphes de manière très graphique, sachant combien cela faciliterait la mémorisation des idées pour Lyor.

—Il y avait aussi une départementale à l'écart de ces deux grands axes, un peu cabossée, sans doute risquée même, qui nous chuchotait de garder notre format actuel, une réponse généraliste, une équipe restreinte, une dimension un peu familiale. Vous avez tous choisi cette voie-là. Ça tombe bien, c'est celle qui nous plaît le plus également, mais elle ne pouvait fonctionner que si vous étiez partants. Nous allons donc opérer de très légers changements, redéployer quelques ressources, revoir un peu nos équipements pour faciliter le quotidien, accepter un peu moins de projets à très court terme pour pouvoir sécuriser l'activité, mais pas de changement radical. Le risque principal qui nous guette est l'ennui, alors nous allons tout mettre en œuvre pour le maintenir à l'écart, tout en renforçant nos fondations pour éviter de nous faire racheter. Vous le savez comme nous, cette élasticité a un coût, celui de nous priver du confort d'une pause, de reprendre notre souffle quand nous en aurions besoin. Je vous épargne les détails stratégiques, si cela vous intéresse, Noam est là.

Elle fait une pause. Elle se lasse déjà du discours. Il reste une demi page mais cela lui semble tout à coup insurmontable. L'envie de tout arrêter la submerge. Ignorer cet élan est presque douloureux. Tout poser là, le discours de Noam, le costume de la chef d'entreprise, les projets en cours dont aucun ne la fait déjà plus vibrer, l'impression qu'à cette place là aussi elle a déjà fait le tour de ce qu'il y avait à voir, c'est intense et vertigineux, cela la prend à la gorge sans s'être manifesté auparavant. Son temps d'arrêt se prolonge. Ces secondes sont nécessaires pour attaquer le sprint final mais elles peuvent aussi être la pause de trop qui l'empêchera de repartir. Elle se connaît trop pour ignorer le risque qu'elle prend. Heureusement, Noam sent ces choses-là aussi. Il ne laisse pas le hasard décider. Il se lève et comme s'il ne faisait que suivre un scénario bien travaillé entre eux, il prend la relève des annonces en la remerciant. Tout le monde n'y voit que du feu. Lyor est un personnage, ils sont là pour cela aussi, travailler avec elle est une chance, les candidats affluent de toute la France, les places sont rares et les entretiens d'embauche sont uniques en leur genre. Ce qu'on vient de leur annoncer confirme qu'ils vont rester entre eux encore un petit moment et cela leur convient bien.

Noam s'est placé un peu devant Lyor. Juste ce qu'il faut pour la laisser récupérer, éviter qu'elle s'enfuie, sans pour autant la cacher à l'assemblée. Il termine les annonces, plaisante en interpellant les uns et les autres, provoque même quelques rires. Il regarde les membres de cette équipe, Liliane, Élodie, Attou, Aicha, Manon, Thierry et les autres, ils ont tous été choisis par Lyor. Il y a quelques brillants élèves issus de prestigieuses grandes écoles, mais aussi de parfaits autodidactes qui n'ont pas même décroché leur BAC. Lyor ne regarde jamais les CV. Elle les recrute à la lumière de leur capacité à innover, à leur manière de chercher. Elle évalue leurs solutions face à des problèmes qu'elle invente de toutes pièces, en temps réel, à l'instinct. Elle fait connaissance en messagerie instantanée la plupart du temps, quelquefois par téléphone, mais jamais avec un retour d'images. Cette méthode a fait ses preuves, pas un recrutement ne s'est ponctué d'un échec. C'est grâce à cette puissante énergie créative et aux intelligences plurielles que Noor – ils ont baptisé la société avec la contraction de leurs prénoms – fonctionne si bien. Si son amie venait déjà à se lasser… Il préférait ne pas y penser mais son attitude de ce jour semblait bien annoncer un tournant dans l'aventure commencée cinq ans plus tôt. Il savait que cela arriverait un jour, mais le temps jouait en sa faveur, Lyor était moins impulsive que par le passé, elle était libre de choisir les commandes sans pour autant tenir les rênes toute seule, il lui avait semblé qu'elle prenait plaisir à voir leur projet arriver à maturation.

L'assemblée applaudit chaleureusement, tape du pied, il y a même quelques sifflements enthousiastes que Noam encourage avant de donner rendez-vous autour du buffet pour poursuivre les échanges et célébrer les bonnes nouvelles. En tête de celles-ci figurent les excellents résultats économiques qui ont permis l'octroi de jolies primes pour tout le monde, mais aussi la reconnaissance du milieu, les articles qui se multiplient dans la presse spécialisée et les projets ambitieux qui se présentent à leur porte.

Lyor est restée adossée au mur. Elle est fascinée par tout ce qui se passe autour d'elle. Elle se laisse emporter tout entière à l'observation, les mouvements des uns et des autres, les bribes de conversations qui parviennent à ses oreilles, les verres qui passent de mains en mains, comme un ballet parfaitement chorégraphié. Noam est à la fois au centre de la danse et au premier rang des spectateurs, à ses côtés. Ce lien si particulier entre eux, un peu étrange, qui leur permet à tout moment de se voir sans se regarder, de s'épauler sans se toucher, de s'encourager sans se parler. Elle sait qu'il a compris, peut-être même avant elle, et c'est probablement ce qui explique la tenue de ce petit déjeuner inédit, pour lui permettre de dire bonjour à cette petite bande qui est la leur, avant de tirer sa révérence. Il tourne la tête à ce moment-là, il a beau afficher ses yeux rieurs et un large sourire, il n'arrive pas à dissimuler à Lyor toutes les questions qu'il se pose et qui se lisent sur son visage soudain marqué. Elle n'aime pas cela. Elle lui en a fait voir de toutes les couleurs depuis le temps qu'ils se connaissent, mais jamais elle n'a fait naître ce genre de rides sur son front. Elle veut effacer cette inquiétude, redonner son air juvénile à son visage habituellement si solaire. Elle inspire et se décolle de son mur, plonge dans la scène pour en faire sa réalité, et va jouer la partition dont a besoin son ami.

4

Une drôle de scène attend Emma quand elle rentre de son escapade en bord de mer. Dans sa cour habituellement déserte et silencieuse se tient un véritable conciliabule. Sa voisine courant d'air et un homme qu'elle a déjà vu, son petit ami peut-être, elle ne saurait dire, semblent en grand débat avec un troisième, autour de la souche de son défunt bouleau.

C'était une bonne idée d'aller voir l'océan, même si à l'endroit où elle a choisi de se baigner, l'horizon se heurtait aux côtes de la presqu'île voisine et pouvait laisser croire que la mer n'était qu'un immense lac. La caresse de l'eau et le bruit des vagues ont emporté les questions qui polluaient sa bonne humeur et son entrain. Elle s'est délectée du roman qu'elle avait emporté, s'est amusée à observer les rares personnages de la plage à l'abri de ses lunettes de soleil, elle leur a inventé des vies, des aventures incroyables, des rebondissements en cascades, et elle a clos cette journée en fermant les yeux et en s'abandonnant à un sommeil léger, bercée par les mouettes et la marée montante. Ce genre d'escapade lui confirme que malgré les moments de doute qui la traversent quelquefois, elle n'a pas à regretter les choix qu'elle a faits. Jamais elle n'aurait pu s'offrir une journée pareille auparavant, prise dans l'étau des contraintes professionnelles qu'elle avait serré de plus en plus fort au fil des années.

Elle salue d'un geste et d'un grand sourire le trio en réflexion qui s'agite autour de la souche et prend le chemin de sa maison. Elle imagine déjà le repas qu'elle va se préparer, à la hauteur de son appétit aiguisé. Elle n'a pas encore la main sur la poignée de la porte qu'elle entend qu'on l'appelle. Sa jeune locataire vient même à sa rencontre.

—Pardon de vous déranger mais nous avons un petit souci.

Emma est sous le charme de cette voix, une voix pour laquelle on allumerait la radio, juste pour le plaisir de la sonorité, une voix suave qui fait danser les mots, une voix grave qui doit donner une saveur unique à chaque phrase prononcée.

—Qu'est-ce qui vous arrive ?

—Ce monsieur vient de nous dire qu'il allait emménager dans l'aile ouest de la ferme, celle qui vient d'être rénovée ?

—C'est possible oui, je sais qu'un nouveau locataire doit arriver ces jours-ci mais pourquoi est-ce un problème Mademoiselle ?

—Madame. On ne dit plus Mademoiselle vous savez ? Pour ne pas attacher le titre d'une femme à son statut marital ?

Emma sourit. Sur un ton différent cette phrase aurait été désobligeante, mais la jeune femme l'a formulée comme une note de bas de page, un commentaire qui lui serait passé par la tête, et ce qu'elle dit en enchainant ne fait que confirmer cette impression :

—Personnellement je m'en fiche, vous pouvez m'appeler comme vous voulez, mais vous ne pouvez pas laisser cet homme emménager ici en revanche.

Emma est de plus en plus intriguée, la jeune femme semble sincèrement désemparée, profondément ennuyée par la situation. Elle pose son sac à terre. Il semble que l'échange va durer un peu.

—Pardon mais je ne vous suis pas du tout, vous ne voulez pas reprendre les choses depuis le début ?

—J'ai fait la demande il y a six mois auprès de l'agence, je suis locataire depuis bientôt deux ans ici, une locataire sérieuse, je ne comprends pas pourquoi cette fois encore, le logement est loué à quelqu'un d'autre.

Emma est ennuyée. Elle a justement mandaté l'agence pour s'épargner ce genre de difficultés. La jeune femme semble savoir qu'elle est la propriétaire des lieux, alors qu'elle avait expressément demandé au bailleur de taire cette information. Elle tente de s'en sortir par une pircuette mais elle ne croit pas pouvoir en réchapper, son identité semble avoir été découverte :

—Mais je n'y suis pour rien, comme vous dites, c'est une agence immobilière qui gère les locations.

La jeune femme ne réagit pas. Elle continue de la fixer, comme si elle attendait qu'elle complète sa phrase. Et effectivement, elle se sent obligée de se justifier.

—Je suis la propriétaire de la ferme, mais je ne m'occupe pas des locations, c'est l'agence qui s'occupe de tout cela. Je vous assure.

Comme si cet aveu changeait tout et qu'elle voulait recommencer la conversation du début, la jeune fille lui tend la main. Emma accepte le geste, un peu surprise. Sa voisine ne plaisante pas, la poigne est décidée et solide. Si elle était cohérente avec le choix qu'elle a fait en mandatant *Jean, l'agent immobilier de tous vos projets* pour s'occuper des appartements de la ferme, elle ferait un pas de côté, remettrait son sac à l'épaule et se dégagerait sans trainer de cette situation. Mais peut-être parce qu'elle attend un contact avec la jeune femme en vain depuis son arrivée, ou parce qu'elle se sent responsable malgré elle de ce qui arrive, elle décide de s'en mêler. À moins de 10 mètres les deux hommes n'ont pas bougé. Ils observent le dialogue en guettant l'issue, vraisemblablement intrigués. Emma parle un peu plus fort et leur fait signe :

—Et si on s'asseyait autour de quelque chose à boire plutôt que de rester debout dans la cour ? Venez, je vous offre un verre.

Les deux silhouettes s'avancent sans se concerter. Emma fouille dans sa mémoire le prénom de sa locataire. Quelque chose de court et d'original, elle est sur le point de lui demander quand ça lui revient :

—Lyor ? C'est bien cela ?

—Oui. Et vous c'est Emma.

Elle n'a pas demandé, elle a pris encore cette intonation particulière, celle qui énonce des faits.

—Vous avez une bonne mémoire, meilleure que la mienne !

—J'ai une bonne mémoire oui. Mais votre nom est aussi sur la boîte aux lettres.

—Ah oui… Forcément.

Elle entre et leur fait à nouveau signe à tous de la suivre. Ils semblent hésiter.

—Je ne vais pas vous manger allons !

Et voilà que je me mets à parler comme maman, rien ne va plus, pense Emma. Elle leur montre le coin salon et s'empresse d'aller chercher des verres. Elle se sent toute drôle. Ce qui est en train de se passer relève davantage d'une réunion de négociation entre une propriétaire et ses locataires que d'un moment de courtoisie, mais elle se sent incroyablement gaie à l'idée de cet intermède imprévu. Un petit air de la vie d'avant lui est chanté à l'oreille, quand les amis, les copains des garçons, les voisins, passaient à l'improviste dans la maison familiale.

Elle revient avec un plateau qui pourrait abreuver une douzaine de convives. Elle n'a pas mis les anciennes habitudes au placard. Elle a toujours dans le grand frigo de la réserve quelques sodas, des jus de fruits et de la bière. Elle ne boit rien de tout cela. C'est au cas où. Elle vérifie discrètement les dates de péremption.

—Prenez ce qui vous tente !

Les trois compères sont très différents ; Lyor est aussi brune et menue que son acolyte, celui qui répond au nom de Noam, est blond et athlétique. Il a une petite trentaine d'années, Emma dirait qu'il a le même âge que son fils ainé. On dirait qu'il est né avec le sourire accroché aux lèvres et la joie plantée dans les yeux. Le troisième comparse, celui qui sème le trouble malgré lui, est plus âgé, elle lui donne trente-cinq, peut-être même quarante ans. Son visage est moins transparent que les deux autres, il est en observation, un peu sur ses gardes aussi, il ne livre pas grand-chose à travers sa paire de lunettes à cercles métalliques.

Elle se sert un verre d'eau, pour les encourager. Lyor imite son geste. Les deux hommes finissent par choisir chacun un soda. Les premières gorgées permettent de gagner encore un peu de temps. Comme personne ne se décide à briser la glace, pas même Lyor qui semblait pourtant vouloir traiter son problème dans l'urgence quelques minutes plus tôt, Emma tente de colorer la scène d'un peu de normalité et s'adresse à l'inconnu, l'homme aux lunettes qui semble dubitatif :

—Vous vous appelez comment ?

Il se lève et lui tend la main :

—Pardon, quel impoli je fais, je m'appelle Titus.

Une fois debout, après avoir serré la main d'Emma, il met les siennes dans ses poches et ne se rassied pas.

Il balaye du regard tout le monde, prend une courte respiration et poursuit :

—Écoutez, je suis désolé pour vous si les choses ne s'emboîtent pas selon vos plans, mais je ne vois pas trop ce que je fabrique là… À part faire connaissance avec mes futures voisines, ajoute-t-il en souriant comme pour adoucir ses propos.

Lyor se lève à son tour.

—Je vous montre le logement plus grand que vous pouvez avoir pour moins cher que celui que vous avez visité ?

Il lui répond du tac au tac, avec ce même sourire poli posé sur les lèvres :

—Merci, mais ce n'est pas nécessaire.

Lyor semble ne pas avoir entendu :

—On peut y aller plus tard, même un autre jour, c'est comme vous préférez.

—Je ne suis pas intéressé. J'ai l'intention d'habiter là où c'est prévu.

Sa voix s'est faite plus ferme. Il désigne le bâtiment par la fenêtre.

—Ici, dans cette partie de la ferme.

—Mais pourquoi ?

La voix grave de Lyor s'est presque brisée sur cette question. Emma sent que pour sa voisine la situation prend une tournure dramatique sans qu'elle puisse se l'expliquer. L'homme, Titus, a dû le sentir aussi, il parle encore moins fort, met davantage de rondeur dans ses mots et dans sa voix :

—Encore une fois je suis navré que cela vous contrarie. Ce n'est pas contre vous vous le savez bien, et j'espère que cela ne sera pas un obstacle à notre bon voisinage, mais je vais emménager ici parce que j'ai signé le bail et que c'est l'endroit que j'ai choisi. C'est aussi simple que cela.

Il se retourne vers Emma.

—Merci pour le verre. Je vais finir ce que j'étais venu faire. On se reverra bientôt.

Et il s'en va.

Emma le raccompagne à la porte, par habitude. Quand elle se retourne, elle tombe sur le visage défait de Lyor et sur la mine impuissante de son ami.

—Vous ne voulez pas m'expliquer pourquoi vous teniez tant à changer d'appartement ? Si vous saviez que j'étais la propriétaire, pourquoi vous n'êtes pas venue m'en parler directement ?

Lyor est perdue dans de lointaines pensées si elle en croit son regard. C'est Noam qui répond à sa place :

—L'agence a dit de ne pas vous déranger, que vous n'aimeriez pas cela, qu'il ferait son possible mais qu'il avait des engagements à tenir et que vous aviez votre mot à dire sur les locataires aussi.

Emma est soufflée. Sitôt qu'elle sera seule, elle appellera ce Jean qui la fait passer pour une autre et elle avisera sur le contrat qu'elle a signé avec lui. Elle n'a pas besoin de se justifier, cela doit se lire sur son visage parce que Noam lui répond avant qu'elle ouvre la bouche.

—Ne vous en faites pas, vous ne saviez pas. On va vous laisser, mais si jamais le logement se libère rapidement, vous saurez qu'il n'est pas utile de chercher bien loin pour le relouer…

—Je suis confuse, vraiment…

Lyor se lève soudainement de la banquette et emmène Noam sur ses pas. Elle se plante bien droite face à Emma et lui tend la main.

—Merci Emma. C'est bien qu'on se soit parlé.

Elle hoche la tête et les regarde jusqu'à ce que leurs silhouettes disparaissent à l'angle du bâtiment pour rejoindre les appartements que la jeune femme occupe, au-dessus du sien. Quelle drôle de personnage. Quelque chose l'a profondément touché chez elle, elle ne saurait dire quoi, mais elle est toute remuée.

5

Ils sont montés chez elle sans échanger un mot, d'un pas vif. Lyor laisse la porte-fenêtre ouverte, elle a besoin que l'air rentre, si seulement il pouvait chasser les pensées qui s'entrechoquent au-dessus d'elle et les faire voler loin dans la campagne… Elle aime bien son logement, cette grande pièce sous pente avec ses grandes fenêtres qui plongent dans les champs. En dehors de la salle de bain, il n'y pas de cloisons, cette ouverture en loft lui convient parfaitement, des murs blancs, de la lumière et de l'espace. Elle goûte chaque jour à la paix de cet endroit et guette le soir les bruits qui la bercent et qu'elle est aussi venue chercher ici ; le chant de la chouette effraie, fidèle et régulière, celui de sa congénère, la chouette hulotte, qui lui répond fréquemment. Et pourtant, à cet instant, il lui semble qu'elle est sur le point d'étouffer, que tout l'endroit lui est hostile. Elle balaie la pièce à la recherche de Hardie, sa compagne depuis douze ans. La chatte n'est pas là sinon c'est certain, elle serait déjà venue se frotter contre ses jambes ou chercher une caresse de

Noam. Elle doit être partie en exploration ou bien elle s'est assoupie dehors, comme cela lui arrive de plus en plus souvent, c'est qu'elle n'est plus tout jeune… Son absence lui donne envie de déguerpir à son tour. Noam la sort de la pénombre dans laquelle elle est en train de glisser et propose :

—On va marcher ? Tu veux aller à la mer ? En ville ? Ça fait longtemps qu'on ne s'est pas pris la tête dans un magasin de vêtements ! Tu ne veux pas te racheter un jean ou une paire de chaussures ?

Il fait son possible pour la sortir de la spirale, elle entend son sourire et tous les efforts qu'il déploie pour ne pas qu'elle s'enferme.

—La mer c'est une bonne idée. J'ai envie d'aller manger une glace sur le port.

—Et je t'emmène en moto ?

—Bien sûr.

Noam répète, en fronçant les sourcils, les yeux en l'air, comme s'il s'agissait de consignes très précises :

—À la mer en moto une glace sur le port, la totale quoi !

Elle hoche la tête, ses yeux pétillent, le sourire frétille. Il lui tend le coude, l'invite à le suivre sans tarder et ajoute, tandis qu'ils redescendent les escaliers :

—C'est parti, en route pour le remède miracle, mais si tu veux mon avis…

—Je ne veux pas ton avis avant qu'on soit arrivés à la mer.

—Ok Madame. Vos désirs…

Lyor a besoin de cette demi-heure qui les sépare des quais, le casque vissé sur la tête. Noam a choisi l'itinéraire qu'elle préfère, une route qui serpente entre forêt et campagne, à l'écart des grands axes, au prix de quelques kilomètres supplémentaires. Ses pensées galopent dans tous les sens, elle sait que la vitesse a le pouvoir de les paralyser, de mettre la machine à cogiter en pause afin qu'elle reprenne un peu le contrôle. Elle a une idée assez précise de ce que Noam va lui dire ; si elle laisse son cerveau fonctionner en roue libre, elle visualise même le dialogue qu'ils peuvent avoir tous les deux, jusqu'à sa conclusion. Il est temps d'arrêter de jouer la comédie et de commencer à déballer doucement les vérités qu'elle garde enfermées depuis de longs mois. Il faut qu'elle s'ouvre à Emma des raisons pour lesquelles elle a emménagé chez elle et qu'elle lui révèle la source de son attachement à l'appartement du rez-de-chaussée. Elle le sait. Mais elle a besoin de l'entendre de la bouche de Noam, de se laisser convaincre qu'il n'est pas trop tard, qu'elle ne va pas gâcher toutes ses chances.

Elle ne voit pas les kilomètres filer. Il lui semble que, sitôt sortis de la cour de la ferme, ils sont déjà en train de descendre les derniers lacets qui mènent au port. L'effet est immédiat. Elle relève la visière de son casque tandis que Noam décélère. Les embruns, la lumière, les cris des mouettes, tous ses sens sont en éveil. Il y a des environnements qui produisent chez Lyor cette impression d'apaisement, des endroits qu'elle convoque quand elle est aux prises avec ses idées galopantes, mais rien n'égale jamais les sensations d'être sur place.

C'est une fin d'après-midi douce. Les bateaux sont comme posés sur l'eau, sans même faire semblant de tanguer un peu. Seul un timide souffle d'air rappelle que nous sommes à l'extrême ouest de l'hexagone. Lyor marche dans les pas de Noam. Il sait où aller s'asseoir pour cette glace au bord des bateaux. Un endroit un peu à l'écart des terrasses festives et des happy hours, là où ils ont déjà attendu des dizaines de fois que le jour baisse et que l'obscurité enveloppe les abords du port. Lyor évite les empreintes des mains des navigateurs dans le bitume de la promenade, elle veut rester focalisée sur la situation, sur les solutions qui se présentent à elle et à la meilleure combinaison possible pour les articuler les unes aux autres. Ne pas partir dans toutes les directions surtout. Suivre une option, garder le doigt sur elle, ne pas la lâcher des yeux, oublier les autres branches qui bruissent à côté comme autant de tentations, rester concentrée.

Les murs du salon d'Emma lui reviennent en mémoire, les portraits soigneusement encadrés, les fils d'Emma et leur grand-mère sans doute, la mère d'Emma, elles ont les mêmes yeux. Il y avait un agrandissement également, une photo de groupe, avec le père des garçons. Il y avait deux autres personnes, les grands-parents paternels suppose-t-elle. Elle est revenue plusieurs fois sur ce cliché, elle a scruté de loin toutes les photos accessibles. « Lui » ne semblait pas être sur les photos. Elle a éprouvé un mélange de soulagement et de déception. Jusqu'à ce qu'elle découvre, exposées plus discrètement sur le mur du fond, un peu en retrait, mais élégamment encadrées, les gravures et les illustrations au fusain. Des dessins et des peintures de la ferme et des alentours, figés sur des papiers, des toiles et même du bois, avec cette patte si particulière, reconnaissable entre toutes. Davantage qu'une photo ces œuvres étaient la preuve qu'elle était au bon endroit. Elle avait lutté contre l'envie d'aller les voir de tout près, de les toucher et de les respirer, une prochaine fois, sans doute, quand elle aura accédé aux étapes suivantes.

Lyor réalise combien elle a franchi un pas sans s'en rendre compte. Elle est rentrée dans la maison. Elle n'a pas fui les photos de famille. Elle a vu les traces qu'elle poursuit depuis des mois et elle s'en est sortie indemne.

—La glace de Madame est servie !

Noam a commandé sa coupe. Une pêche melba avec une poire à la place de la pêche. Il a pris une bière pour lui, une citronnade pour elle. Elle aimerait pouvoir repousser les habitudes dont elle est prisonnière, changer de glace, essayer une autre terrasse, tenter un endroit musical, s'asseoir sur le quai et boire un chocolat, mais ce rituel est comme la clé qui déverrouille sa parole, elle n'en a pas trouvé d'autre jusqu'à présent. Revivre ce moment de paix familiale la recale, remet les choses à leur place, chasse l'amertume et la colère qui quelquefois se mettent à traîner à nouveau. C'était leur repaire, celui où Lory s'installait face à l'Abeille Bourbon, quand sa mère mettait une jolie robe et envoyait des œillades à son père, que ce dernier ne cachait pas la fierté qu'il éprouvait pour sa famille et qu'il était là, entièrement à elles trois. Les souvenirs affluent par vague, l'image d'Épinal de la famille idéale s'impose à elle et l'apaise en profondeur. Quand elle est ici, elle oublie les mensonges sur lesquels cette scène était construite. À l'époque elle ne savait pas, elle veut continuer de croire que les secrets tapis dans les plis du décor n'entachaient en rien la sincérité des instants partagés.

Essaie de ne jamais voir la vie en noir et blanc, lui disait son père, *profite de toutes les couleurs, imagine le gris, cherche les dégradés, les nuances. Ne cède pas à la facilité de croire que les gens sont binaires ou déterminés. Il n'y a pas les tendres et les durs, les faibles et les forts, ni même les bons et les méchants ou les généreux et les égoïstes. La vie façonne les gens. Nous sommes tous en permanence nichés quelque part entre deux extrêmes, on a toujours la main, la possibilité de choisir, mais cela ne demande pas le même effort à tout le monde.*

Il parlait de lui avec ses mots colorés, lui l'homme de contrastes, qui aimait les arcs-en-ciel de sa palette de peinture, qui revenait du travail les mains souvent couvertes d'huile de moteur même s'il avait évolué vers des fonctions qui n'étaient plus censées le faire plonger sous les capots des voitures, qui était amoureux de la mer et qui connaissait les chants de presque tous les oiseaux. Il parlait de ses tiraillements certainement, de son impossible choix, mais ça, elle ne le savait pas. Il parlait aussi de sa femme, de la mère de Lyor et Lory, il cherchait des explications, il tentait de se convaincre qu'elle faisait de son mieux elle aussi.

Noam la ramène au présent avant qu'elle parte trop loin.

—Ce gars, tu crois qu'il y a une chance qu'il change d'avis ? Qu'il accepte de prendre ton appartement. Tu pourrais peut-être lui dire la vérité à lui ? Ça a l'air d'être quelqu'un de bien non ?

En disant cela il lui a tendu une petite cuillère. Elle l'attrape, goûte la crème glacée avant de lui répondre.

—Depuis quand on se fie à l'apparence Noam Samuel ?

Il ne réagit pas, il veut juste lancer la machine, il se retient de sourire, il adore quand elle l'appelle par ses deux prénoms. Elle poursuit sur un soupir.

—Aucune chance qu'il change d'avis. Tu sais ce type je l'ai déjà vu…

La suspicion s'installe instantanément dans les yeux de Noam.

—Comment ça ?

—Je lui ai roulé sur les pieds avec mon caddie ce matin.

—Quoi ? Tu ne trouves pas cela bizarre ? Tu as vérifié qui il était ?

Depuis que le succès de Noor a pris de l'ampleur, Noam a développé une prudence que Lyor estime excessive à son égard et à tout ce qui s'approche d'elle de près ou de loin. Il craint pour la sécurité de l'entreprise, pour la confidentialité de ses projets et de ses algorithmes, certes, mais surtout pour la sienne. Ils en ont parlé de nombreuses fois. Il lui a répété que sa naïveté la rendait vulnérable, qu'elle n'avait pas les radars pour détecter les gens mal intentionnés et qu'elle manquait dangereusement de discernement dans les relations avec autrui. Elle sait qu'il n'a pas complètement tort, l'histoire l'a démontré de nombreuses fois, mais elle refuse de vivre dans la méfiance.

—Je ne sais même pas comment il s'appelle, comment veux-tu que je me renseigne ? Il est peut-être un peu tôt pour lancer une grande enquête non ? Il a juste fait des courses.

Elle prend un peu de glace, ajoute un morceau de poire, et au lieu de la porter à sa bouche, complète sa phrase tout en contemplant sa cuillère :

—Je te garantis qu'il est inoffensif. Il n'y a qu'un supermarché à la ronde, il n'y a rien d'étonnant à se croiser sur le parking. Et puis j'ai entendu sa conversation avec l'agence, il pensait être discret mais il ne l'a pas vraiment été… Il connaît le gérant et il était plutôt remonté après lui qu'il lui ait caché une partie des choses, mais pour une raison que j'ignore il ne partira pas, il a besoin de ce logement et il n'en démordra pas.

Noam l'a regardée intensément. Elle a senti combien il essayait de percer son esprit quand elle parlait, elle a perçu son angoisse et cette envie de la protéger qui prend le pas sur tout le reste. Il a peur comme jamais, elle le ressent comme si elle était lui.

—Il va falloir que ça s'arrête Lyor. Ça fait deux ans que tu habites là. Au début tu devais juste aller te présenter à Emma, essayer de tirer un peu sur les fils de ton histoire de famille et repartir l'esprit léger. On en a déjà parlé, tu t'enlises, il faut te sortir de là. Tu ne fais que piétiner, tu n'as plus de projets, tu te laisses envahir par tout ce qui te traverse, on dirait toi il y a six ou sept ans, avant qu'on invente Noor, quand tu étais une balle de ping-pong qui se laissait balancer de tous les côtés au moindre courant d'air. Il faut que tu reprennes la barre maintenant.

Elle savait qu'elle aurait droit à ce sermon, elle est même venue jusqu'ici pour le recevoir. Elle se rend bien compte qu'elle glisse dangereusement dans une période de turbulences, qu'elle perd pieds, qu'elle n'arrive plus à faire baisser la charge émotionnelle. Elle alterne les bouffées d'émerveillement et le vertige du désespoir, son hyperactivité cérébrale commence à être véritablement paralysante, elle perçoit les éléments avec une acuité envahissante comme à la pire époque, sans réussir à faire le tri, dans les sons, dans les odeurs, tout s'échoue sur elle. Oui Noam a raison, il faut que cela s'arrête, qu'elle redevienne maîtresse de ses décisions sinon elle risque de gâcher tout ce qu'ils ont réussi à construire.

—Comment je fais ?

Il prend son air de sage, celui qu'elle aime par-dessus tout, parce qu'il a toujours le goût du bon sens.

—Bien. Bonne approche, bonne accroche ! Tu finis ta glace pour commencer. Ensuite tu reprends depuis le début. Tu te rappelles les raisons pour lesquelles nous avons choisi le siège social de Noor à cet endroit précis et ce que tu avais prévu de faire. On repart de là, et on déroule. Je suis le gardien du fil, je t'empêche de partir dans toutes les directions.

—Merci.

Lyor est lucide. Elle connaît sa dépendance intellectuelle et émotionnelle à Noam. Elle s'en veut de cette amitié qui doit être aliénante pour lui, qui l'empêche, même s'il s'en défend, de construire une vie, une histoire amoureuse, un projet de famille, des perspectives sans elle. Ils en ont parlé, il lui a dit qu'il saurait faire la part des choses, que si jamais ce genre de choix devait se présenter il aviserait. Pour le moment il n'avise pas, il vit de courtes histoires, il ne *tombe pas en amour.* Cela lui est arrivé une fois, il avait vingt-quatre ans, il lui avait semblé tomber du dernier étage d'un gratte-ciel et Lyor avait été là, juste avant la chute. Depuis, ils se nourrissent de leurs énergies réciproques, si différentes, tellement complémentaires. Il n'y a que Noam qui connaît ses démons, cette façon d'être au monde particulière, cette acuité sensorielle qui prend tellement de place, cette manière de penser et d'imaginer à toute allure, tout le temps, et la difficulté d'être en lien. Lyor est traversée par l'inconfort de ne jamais appartenir au même monde que tous ceux qu'elle côtoie, transpercée par cette envie d'être banale et de ne jamais y arriver. Elle a l'impression de devoir revêtir un camouflage sans arrêt, de mentir à tout le monde pour ne pas passer pour une bête de foire, ou pire, pour une prétentieuse, quelqu'un qui serait au-dessus des autres alors qu'elle se sent désespérément à côté.

Une mouette s'est posée à ses pieds.

La moulinette à penser se met en pause. Une seconde. Lyor mobilise toutes ses forces pour empêcher son esprit de s'évader avec l'oiseau. Est-ce que les mouettes aiment les glaces aux fruits ? Est-ce qu'elle va plonger dans sa coupe comme cette autre fois le goéland dans son assiette de frites ? Comment sont déterminés les goûts de cette espèce omnivore, ils mangent de tout, mais ont-ils des préférences, comment choisissent-ils ce qu'ils mangent ? Leurs sens sont-ils aussi aiguisés que ceux des mammifères ? L'odorat a-t-il son importance ? L'apparence ? Elle réussit à enrayer la machine infernale, elle laisse la mouette à ses pieds, et elle retrouve les yeux de Noam.

—Un jour il faudra que tu te coupes de moi Noam.

Cette idée la rassure et la tétanise à la fois. Noam n'a jamais fait attention à cette phrase qu'elle lance régulièrement, il ne se sent pas menacé par cette drôle d'amitié.

—J'ai autant besoin de toi que toi de moi. Pour le moment je t'écoute. Rappelle-moi ce que nous sommes venus faire ici il y a deux ans.

Elle plante ses yeux dans les siens, elle s'accroche à sa détermination.

—Je t'ai demandé si on pouvait déménager le siège social de Noor pour me rapprocher des terres où mon père a grandi. Quelques mois plus tôt j'avais rendu les armes avec lui, je m'étais réconciliée avec mon enfance, nous avions enfin réussi à parler, nous avions même des projets. Il voulait rompre les promesses qu'on l'avait obligé à faire, il disait qu'il avait besoin de se pardonner lui-même et de faire la paix avec nous toutes, qu'il avait déjà perdu une fille et qu'il avait eu son compte de malheur comme ça. Il voulait me présenter à elle. Il voulait qu'on soit une famille, avec des branches plus longues, plus hautes. Et il est mort. Enfin, tout le monde a dit qu'il était mort. Les garde-côtes, les sauveteurs en mer, la police. Moi ça m'a rendu dingue de ne pas le voir. Je n'ai jamais vraiment compris comment il avait pu se laisser surprendre par la mer, comment il avait pu être imprudent alors qu'il ne jurait que par les précautions à prendre. Je n'arrive pas à me sortir de la tête qu'il s'est passé quelque chose d'anormal. Je n'y crois pas, mais cela ne change rien, il n'est plus là de toute façon. J'ai été à nouveau en colère après lui, très en colère, de m'avoir laissé croire qu'on allait s'en sortir, que nos cauchemars étaient terminés et qu'on allait enfin avoir notre part de bonheur. Mais non, il m'a refait le coup. Il s'est envolé. Avant d'avoir tenu la première de ses promesses. Alors oui, j'ai voulu la tenir pour lui et je l'ai cherchée, elle, puisqu'elle n'était même pas venue à la cérémonie qu'on avait organisée pour lui. Drôle de cérémonie tu te rappelles ? Je l'ai guetté lui aussi, tout le long. Le temps a beau passer, je ne m'y fais pas à cette disparition en mer, je me suis dit qu'il allait nous faire le coup du siècle et revenir ce jour-là. Mais non. Il n'est pas venu. Mais elle je l'ai retrouvée. Un an après qu'il soit parti je ne sais où. Ce n'était pas très difficile, elle avait l'air d'être restée au même endroit tout ce temps-là. Je me suis dit qu'on allait faire toutes les deux ce qu'il n'avait pas eu le temps de mettre en œuvre, que ce serait une manière de rester avec lui et d'encaisser la souffrance de sa disparition, et peut-être même de le faire revenir. Que tout cela n'était peut-être qu'une vaste comédie destinée à nous faire bouger et qu'il réapparaîtrait quand tout serait arrangé.

Elle s'arrête brutalement. Elle a parlé très vite.

—Qu'est-ce qu'il y a Lyor ?

—Je ne sais pas. J'ai encore l'impression que je rate une pensée sur deux, il faudrait que tu lises dans ma tête parce que je n'arrive pas à dire la moitié de ce que je pense, ça sort n'importe comment. Je me dis qu'elle sait peut-être aussi des choses que j'ignore sur sa disparition, qu'ils ont peut-être même organisé ça ensemble, ou bien… Là tu vois ça recommence, je repars en boucle…

—Tu parles vite mais tu t'en sors très bien, continue.

—Je me suis dit qu'aller à sa rencontre pourrait me faire du mal, mais que c'était aussi une manière de rester avec lui, de respecter ses volontés en quelque sorte.

—Et tu l'as trouvée, tu es allée au bout de ce cheminement…

—Et c'est là que j'ai lâché le fil… j'ai été incapable de lui parler. Elle m'a demandé si je venais pour les appartements à louer et sans attendre ma réponse elle m'a donné le numéro de l'agence qui s'en occupait. J'ai été incapable d'aligner trois mots. La seule chose que j'ai vue c'est cette ancienne étable qui était en train d'être rénovée, celle qu'il m'avait décrite avec toutes ses couleurs, ses matières et ses lumières, avec une telle précision que j'avais l'impression de la retrouver alors que je ne l'avais jamais vue même en photo. C'est ici qu'il avait vécu ses grands moments heureux, tu vas me prendre pour une folle mais je pouvais sentir sa présence rien qu'en me situant à 10 mètres de la bâtisse. Je suis restée muette, plantée comme un piquet avec la carte de l'agence qu'elle m'avait tendue et j'ai filé. Le lendemain j'appelais pour prendre la location au-dessus de la maison principale en me disant que ça faciliterait la prise de contact et que cela nous permettrait de nous apprivoiser. La région était vraiment belle. Quand je suis rentrée le soir je t'ai tout raconté. Tu m'as écoutée et tu es passé chez moi une heure après. Tu m'as dit que ce n'était qu'à une heure de route, que nous pourrions avoir un siège social à tomber avec les différences de loyer, et que le changement était bon pour la santé.

—Tu te rappelles tout ça ?

—Oui.

—Deux ans Lyor. Tu ne lui as toujours pas parlé. Je suis content des choix qu'on a faits pour la boîte, personne dans l'équipe n'a jamais regretté cette décision. Mais il faut que tu avances, que tu lui parles maintenant.

—Elle va me prendre pour une folle.

—C'est un tout petit risque à prendre. Je lui dirai que tu es une folle inoffensive si cela aide !

—Et pour le logement ? L'ancienne étable ? Là où mon père a vécu les belles années de sa jeunesse ? J'ai l'impression que plus les locataires se succèdent, plus sa présence s'efface.

—Cela ne doit plus ressembler à ce qu'il a connu. Et rien ne t'empêche de demander à aller visiter ? Avec l'accord du locataire. Une fois que tu seras certaine qu'il est sans mauvaises intentions bien sûr ! Mais Lyor, encore une fois, ce ne sont que des pierres, ton père n'est pas dans cette ancienne étable, tu ne trouveras rien… Les réponses que tu cherches, c'est auprès d'elle que tu vas les trouver, peut-être même avec elle. Cet appartement dans la cour, c'était un autre prétexte pour ne pas aller à sa rencontre simplement et directement, je me trompe ?

Elle attaque un peu plus fort sa coupe avec le dos de sa cuillère. La glace a fondu. La température de cette fin d'été n'en est pas responsable, ce n'est plus vraiment la saison ni des sorbets ni des terrasses sur le port de plaisance. Les touristes se font déjà plus rares, les clients sont plutôt à l'intérieur, avec des gaufres et des chocolats chauds. Le souvenir de famille de Lyor est estival, elle conjugue cela comme elle peut. Ce n'est pas le soleil qui a rendu la glace liquide, mais bien ses mouvements circulaires un peu nerveux qui ont assailli sa coupe.

—Si tu résumes tout cela, reprend Noam qui sent que son amie est en train de repartir dans ses pensées et ses souvenirs, quel est ton programme des prochains jours ?

—Je vais me présenter à Emma, comme il faut cette fois. Je ne me formaliserai pas de sa réaction, elle ne sera sans doute pas très agréable. Je prendrai mon mal en patience si cela traîne un peu et j'entretiendrai de bonnes relations de voisinage avec le nouveau pour pouvoir enfin mettre les pieds dans les souvenirs de mon père.

—Tu vois. Rien de très compliqué.

—Rien de très compliqué.

Il y a autre chose que Noam aimerait aborder avec elle. Il ne sait pas si c'est le moment opportun, mais ils sont rares les instants où ils ne sont pas happés par le travail, c'est sans doute l'occasion à ne pas laisser passer. Il cherche ses mots mais elle le devance, comme à chaque fois.

—Tu veux me parler de quoi d'autre ? Un sujet qui te tracasse au travail ?

—Oui.

—Vas-y. J'ai fini moi, on peut passer à autre chose.

—Ce matin j'ai cru que tu allais annoncer ton retrait de Noor en direct devant toute l'équipe.

Elle ne réagit pas, mais il est habitué à cela, il continue, en posant ses coudes sur la table et en approchant son visage du sien :

—Je t'ai sentie loin, très loin des projets, comme si tu étais déjà en train de t'imaginer vivre d'autres aventures professionnelles, j'avais l'impression que tu…

Il hésite à prononcer le mot, car c'est celui qui a déclenché tous les départs précédents de Lyor, la raison qui l'a conduite à créer sa propre entreprise avec lui. Il se lance quand même.

—J'avais l'impression que tu t'ennuyais…

Elle n'a pas cillé. Sans le quitter des yeux elle a écouté chacun des mots qu'il a prononcés. Elle a mesuré combien il avait pris sur lui pour lui avouer ce qui doit être sa plus grande peur depuis qu'ils ont monté Noor, qu'elle quitte le bateau pour aller explorer un autre territoire. Il n'est pas question de l'alarmer de manière prématurée. Il a vu juste, mais elle ne sait pas ce qu'elle va faire, c'est trop tôt, ses priorités sont ailleurs et elle a déjà beaucoup à faire. Il est inutile de l'inquiéter. Il faut qu'elle fasse plus attention à l'avenir à ne pas laisser transparaître ses pensées ainsi.

—Je ne peux pas te promettre de toujours être là. Notre projet a bien grandi mais c'est encore un enfant, il a besoin de ses deux parents.

—Tu ne vas pas partir tout de suite alors ?

—Non. Pas tout de suite, ne t'en fais pas.

Il hoche la tête, il se décoiffe énergiquement, elle ne l'a pas convaincu. Il n'en dit rien et propose une diversion.

—On va marcher un peu avant de rentrer ? Voir les bateaux ?

Elle est fatiguée, cette conversation l'a épuisée, mais oui, voir les bateaux, elle veut bien.

6

C'est un drôle de message qui apparaît sur le téléphone d'Emma quand elle se réveille le lendemain matin. Elle est déjà en retard, elle n'a pas le temps de se laisser perturber par ce qu'il pourrait vouloir dire mais elle met quelques minutes à évacuer le goût doux amer qu'il lui laisse. Éric, son ex-mari, s'est manifesté. Il lui demande comment elle va. Est-ce qu'il peut passer la voir ? Ou tout au moins l'appeler ? Un de ces jours ? Il a deviné qu'elle allait s'inquiéter, il a ajouté un rassurant *Tout va très bien, les garçons aussi.* Son message en est d'autant plus intrigant. Les dernières communications entre eux n'avaient pour objet que de traiter les problèmes ou de les éviter, sur des sujets en général très administratifs ou organisationnels, il n'y plus rien entre eux de personnel. Elle enfouit son téléphone au fond de son sac à main, comme si cela allait repousser plus loin les questions que ce SMS a suscitées. 7h30. Elle est vraiment très en retard. Il n'y aura pas de café ce matin. Cela la fait sourire, elle se rend compte qu'elle s'est libérée de cette habitude-là aussi.

Auparavant elle en buvait au saut du lit, plusieurs tasses bien serrées pour que la caféine infuse toute la matinée. Désormais c'est un plaisir gustatif qu'elle savoure seule ou qu'elle partage avec ses collègues ou les patients. Elle passe rapidement devant le miroir, trouve que la femme dans le reflet a plutôt bonne mine, lui sourit et file à la voiture.

Quand elle a quitté la ville quelques années plus tôt, elle a fermé la porte d'une vie professionnelle qui n'avait pas cessé de monter en puissance. Les nombreux modèles côtoyés dans son enfance l'avaient conduite comme une évidence vers le métier d'aide-soignante. Elle avait aimé cette profession aux mille facettes qu'elle pouvait exercer dans des endroits variés et auprès de personnes différentes. On lui avait donné l'opportunité de devenir infirmière. Elle l'avait saisie. Puis, à presque quarante ans, une fois les enfants devenus plus autonomes, elle avait passé le cap d'un diplôme de cadre. Elle aurait pu avant, Éric n'était pas de ces maris qui considèrent que les femmes doivent choisir entre s'investir dans l'éducation des enfants ou dans leur travail. C'était son choix, sa préférence, conserver suffisamment de temps pour sa famille tout en prenant du plaisir dans son métier. Après l'entrée au lycée de leur dernier fils, elle avait retrouvé ce temps personnel après lequel elle avait couru tellement d'années. Elle s'était remise au sport, elle avait repeint quelques pièces et elle était retournée en formation. Elle avait fini par accéder aux responsabilités les plus hautes dans un établissement qui s'occupait de celles et ceux à qui la chance n'avait pas trop souri. Une carrière rondement menée. Une ascension prudente et mesurée qui s'appuyait sur des expériences solides. C'était parfait. Mais elle ne s'y était pas retrouvée. Elle voyait une image déformée dans les yeux de ceux qui lui renvoyaient son succès. Elle avait compris pourquoi à l'occasion d'une semaine particulière. Une période où l'absentéisme avait frappé fort. Elle avait dû remplacer au pied levé une collègue pour effectuer des soins à domicile. Elle avait retrouvé son sourire dès le soir. La réussite pour elle n'était pas d'être dans les hauteurs de l'organigramme, c'était d'être au plus près des personnes. C'est là qu'elle se sentait véritablement utile, en pleine vie. Malheureusement, même avec la meilleure volonté du monde, les deux postures étaient rarement compatibles. Elle avait mis du temps à affirmer ce revirement de carrière. Il allait à l'encontre de la logique pour beaucoup. Redevenir infirmière après avoir dirigé, quelle curieuse décision, entendait-elle de tous côtés. La distance avec Éric s'installait, la séparation se dessinait, se noyer dans le travail avait aussi été un remède efficace et abordable pour oublier ce pan du paysage, mais elle avait fini par se décider. Elle avait réussi à ignorer les remarques, elle n'avait pas écouté les incitations à être « raisonnable », tout en rassurant les plus proches. Ils étaient en effet plusieurs à craindre qu'elle ne fasse ce choix par épuisement professionnel, faute de comprendre son envie de retrouver une autre manière de vivre. Elle avait été invitée à prendre un peu plus de vacances, du temps pour elle, de ne rien précipiter. Mais au contraire cette prise de conscience l'avait plongée dans l'urgence à reprendre la situation en main. Elle avait eu besoin de vite bouger les pièces sur l'échiquier pour chasser l'impression qu'elle allait lui échapper. Elle avait fait ses calculs, il y avait des conséquences économiques bien sûr, mais rien qui puisse la faire renoncer. Tout s'était ensuite enchaîné, avec ou contre son gré. La séparation, presque par surprise, le déménagement dans un appartement, puis la parenthèse de quelques mois où elle s'était occupée de sa mère. Une fois installée à la ferme, elle s'était engagée à temps partiel dans un centre médical. En attendant que les revenus de ses locations soient stabilisés, elle avait choisi de compléter ses ressources en travaillant un week-end sur deux dans une boutique ; un magasin de vente de produits biologiques en circuit court, conforme à son nouveau mode de vie. Elle avait conservé cet emploi même une fois les travaux finis quand les appartements avaient été mis en location. Cela la maintenait au contact avec une génération qu'elle avait un peu perdue de vue, et elle aimait ce qu'elle faisait.

Ce matin c'est là qu'elle se rend. Elle mettra des céréales dans des distributeurs, elle approvisionnera des rayons, elle prendra la caisse pendant la pause de ses collègues. Elle retrouvera les étudiants du weekend, les habitués du samedi matin avec les bébés en écharpe ou les caddies à roulettes. Son café, si elle arrive à l'heure, elle le prendra dans la cour, derrière la boutique avec Daniel le gérant et les livreurs s'ils ne sont pas déjà repartis. Une bouffée de reconnaissance la submerge. Cela lui arrive quelquefois. Elle n'est pas du genre à se décourager mais elle a quand même l'impression d'avoir bravé quelques tempêtes en rentrant la tête dans les épaules ces derniers temps. Le décès de sa mère, les travaux qui avancent en soubresaut avec les surprises de fin de chantier, la note souvent plus salée que prévue, la famille qui se disperse, son couple qui, sans se déchirer, semble s'évaporer après vingt-cinq ans de vie passée à tout partager, les amis qui s'éloignent avec les kilomètres… Malgré tout cela, elle mesure toutes ses chances. Est-ce la lumière qui inonde les champs ce matin qui lui communique cette légèreté ? Elle sent à la fois une paix intérieure et une impatience à vivre pleinement lui gonfler le cœur. Elle a des nouvelles régulièrement de ses quatre fils, ils vont bien, ils se cherchent encore mais ils sont heureux et en forme. Elle-même est en bonne santé, elle habite un endroit qu'elle a choisi, au calme, niché au creux de vieilles pierres et entouré d'espace à perte de vue. Elle aime ses journées au centre à s'occuper des patients de tous âges, et ses heures à la boutique à apprendre et à donner à la fois. Et puis il y a cette fête qu'elle a bien l'intention d'organiser… Oui, elle a beaucoup de chance.

Elle découvre un nouveau SMS d'Éric quand elle sort son téléphone à la pause au milieu de la matinée. La journée est calme. D'ordinaire il n'est pas possible de s'extraire même cinq minutes du magasin. Il réitère la question posée plus tôt, cela l'intrigue et la préoccupe à la fois. Est-ce qu'elle est chez elle ce week-end ? Il n'a tout de même pas l'intention de venir ? Cela fait deux ans qu'ils se sont vus. C'était pour le divorce. C'est tout juste s'ils communiquent par message pour se souhaiter la bonne année ou un bon anniversaire. Depuis la fois où il a oublié les quatre anniversaires coup sur coup il lui arrive de lui envoyer un mot pour les dates des garçons. Elle relit le message mais elle n'y répond pas. Le portable retrouve le fond du sac. Elle s'étire en fermant les yeux. Chaque chose en son temps, pour le moment elle doit aller vérifier les stocks de la boulangerie. Elle a vu sur le carnet que le restaurant d'à côté avait réservé une vingtaine de baguettes et elle s'inquiète que personne n'ait pensé à les mettre de côté. Quand elle quittera le magasin elle doit se rendre à l'agence immobilière pour avoir une conversation franche. Elle ne pense pas plus loin. C'est déjà bien assez comme ça. Elle commence à réfléchir au présent, cela devient naturel, ce n'est presque plus un exercice, c'est en train de devenir une manière de vivre.

—Le pain est à l'étage M'ma !

C'est Daniel qui l'interpelle par la fenêtre.

Cette manière qu'il a d'appuyer sur la dernière syllabe de son prénom l'a fait réagir au début. Elle avait protesté.

—On dirait que tu appelles la mère des Dalton !

—M est déjà pris.

—Appelle moi Emma.

—Trop long.

Elle avait abandonné. Daniel transformait les prénoms de tout le monde, même ceux qui ne s'y prêtaient pas. Après tout elle n'était pas si mal lotie, d'autres s'étaient retrouvés affublés de bien pire, Titine, Nono, Jaquot, le critère de la longueur ne concernant qu'elle vraisemblablement. Personne n'a encore réussi à percer le mystère qui le conduit à choisir ces surnoms, ni à trouver où il les déniche, mais son inspiration semble inépuisable.

Il est lui-même un personnage, infatigable, toujours d'humeur égale, costumé plus qu'habillé. Il connaît tous ses clients, les appelle par leur prénom, sans les tordre, il a une mémoire des gens et de leurs habitudes hors du commun. Emma l'aime bien. Elle se dit qu'il doit être épuisant pour son entourage proche de vivre avec un pareil hyperactif, mais le croiser deux fois par semaine lui apporte une bouffée d'oxygène inestimable.

Elle réagit un peu en retard. Il attend sa réponse :

—Tu veux que j'appelle le restaurant pour savoir quand ils passent le chercher ce pain ?

—Oui je veux bien. La dernière fois ils ont commandé dans deux boutiques et je me suis retrouvé avec trente baguette invendables à dix-huit heures le samedi !

Elle n'a pas le temps de répondre cette fois, il a déjà disparu par la fenêtre. Elle repart vers le petit bureau s'acquitter de cette mission. Elle a du mal à oublier le

SMS d'Éric. L'image s'incruste. Elle s'est empêchée d'y répondre mais maintenant elle ne pense plus qu'à cela. Elle se concentre, se rappelle les exercices qu'elle faisait il y a quelques années quand elle luttait contre toutes ces intrusions inopinées qui l'empêchaient de réfléchir intelligemment, mais il semble que la machine s'est un peu grippée avec le temps.

Pendant longtemps Emma s'est rendue malheureuse dans ses relations, et avec son mari tout particulièrement. À l'extérieur tout paraissait normal, mais à l'intérieur, ça partait parfois en bouillons d'émotions, incontrôlables. Elle avait beaucoup travaillé après avoir entendu les conséquences que son hypersensibilité pouvait provoquer. Elle avait appris à se tourner un peu plus vers elle et surtout à conserver le plaisir qu'elle avait à donner et à transmettre sans guetter aucun retour. Elle avait eu de la chance d'avoir des amies qui avaient su l'aider à comprendre et à accepter ces failles qu'elle gardait au chaud depuis l'enfance, des amies qui l'avaient aidée à s'équiper pour mieux vivre avec, sans jamais la blesser ni la juger. Mais il a suffi de ces deux SMS d'Éric pour que ces fragilités remontent à la surface et la ramènent vers la femme trop souvent à vif qu'elle a été des années plus tôt. Elle a très envie de répondre, mais elle sait qu'ensuite elle va guetter une réponse qui tardera trop et que cela va lui encombrer la tête jusqu'à ce que celle-ci apparaisse. Avec Éric, la vie était facile, agréable, sans heurts, mais elle avait l'impression qu'elle aurait pu être beaucoup plus que cela, extraordinaire, absolue, magique même. Elle courait après le bonheur, elle le touchait souvent, c'était fugace et fort, mais jamais elle ne parvenait à l'étreindre durablement. Il lui était difficile de savourer ce que le présent lui proposait de déjà satisfaisant. C'était devenu plus envahissant au départ de leurs fils, les uns après les autres. Cela avait remis le couple face à face, ou côte à côte, selon le point de vue. Alors qu'elle avait rêvé, à l'époque tumultueuse où leurs quatre garçons monopolisaient chaque minute de leurs journées, de plateaux repas devant un bon film, de soirées enfouie sous le plaid du canapé avec un roman, de dimanches paresseux sans avoir rien de prévu, elle avait accueilli ces jours-là avec une profonde tristesse et même une certaine amertume.

Elle avait laissé sortir les bouillons. Puisqu'ils ne vivaient pas les aventures extraordinaires qu'ils s'étaient promis, peut-être fallait-il envisager une autre vie ? Deux toits plus petits plutôt qu'un seul trop grand ? Apprendre à se manquer ? Elle avait eu en tête des scénarios de contes de fées, des happy end tous plus romantiques les uns que les autres, une prise de conscience réciproque de ce qu'ils pouvaient changer avant que la situation ne soit irrémédiable, des amoureux qui se redécouvraient, qui accédaient à une autre vie de couple après une révélation salvatrice. Elle avait rêvé de voyages et de restaurants, mais elle-même n'arrivait plus à proposer quoi que ce soit. Elle ne trouvait jamais rien qui soit à la hauteur des images qu'elle se faisait défiler à longueur de temps. Elle voulait le mieux, le bien n'était jamais suffisant. Elle attendait des surprises, des bouquets de fleurs en rentrant le soir, une bouteille de champagne au frais, une tenue de nuit délicatement enveloppée dans du papier de soie, des bougies posées à même le sol… Toutes ces idées l'avaient traversée maintes fois depuis qu'elle partageait la vie d'Éric, mais elles avaient pris corps presque avec violence au moment où la rupture avait commencé à se dessiner.

Un soir elle avait pris sa mélancolie à pleine main. Elle avait dressé la jolie table de ses rêves, celle qui s'en approchait le plus en tout cas. Elle avait mis la bouteille de Champagne au frais, posé un joli paquet au creux de l'assiette destinée à Éric, un week-end au bord de la mer, une invitation à laisser le quotidien quelques jours loin d'eux. Un sésame vers la nouvelle respiration dont leur couple avait besoin.

Ça avait été pire ensuite.

Pas à cause d'Éric.

À cause d'elle.

Ils avaient passé une bonne soirée. Juste une bonne soirée. Éric avait apprécié l'attention. Mais il n'avait pas manifesté l'enthousiasme auquel elle s'était attendue. Il ne s'était pas jeté sur son agenda pour fixer la date du week-end qu'elle leur offrait, il avait tout juste goûté le Champagne. Il était fatigué, il avait eu une dure journée. Les macarons glacés achetés à l'autre bout de la ville n'avaient eu aucun goût. À la fin du repas, elle était plus triste encore qu'au début. Elle avait remis la suggestion de la séparation sur la table, pour faire réagir Éric autant que pour se sortir de cette impasse dans laquelle elle étouffait. Il avait accueilli cette suggestion avec plus d'intérêt que le week-end dans son enveloppe en papier doré.

La séparation qui s'en était suivie, même cinq ans après, et même si elle en était à l'origine, avait toujours gardé la saveur amère de l'échec et de l'impuissance.

Elle avait appris à vivre différemment, elle avait remis son regard en question. Elle avait regardé leur histoire avec des yeux neufs, une belle histoire de couple et de famille, épargnée par les malheurs, imparfaite mais heureuse et chanceuse malgré tout. Elle s'était affranchie de la responsabilité d'avoir mis un terme à tout cela faute d'avoir été à la hauteur. Ils avaient laissé tous les deux l'amour s'éloigner, ils avaient développé des centres d'intérêt différents, la flamme n'était plus là et la tendresse n'avait pas pris suffisamment de place. Ils étaient devenus un peu des étrangers l'un pour l'autre. Ils auraient pu continuer ainsi mais ils n'auraient sans doute jamais été à nouveau heureux ensemble. Oui certes, elle avait des attentes démesurées, pas toujours très rationnelles, mais cela n'avait pas été la cause unique de la séparation. Elle avait rêvé d'intensité mais si elle avait pu travailler à modérer ses aspirations, pourquoi aurait-elle dû renoncer à ce petit grain de folie qui l'animait et la rendait heureuse également ? Elle en avait besoin mais Éric n'était pas la personne avec laquelle elle pouvait partager ce point de vue un peu décalé sur la vie. Il était raisonnable, prudent, mesuré, et il avait ses propres envies aussi, très différentes. Il n'avait pas manifesté le désir de faire des efforts pour permettre à un vent de fraîcheur de venir souffler un peu sur leur couple. Il était devenu différent, encore plus que par le passé. Ce qui les avait attirés avait fini par les éloigner. Une conclusion d'une affligeante banalité avait-elle confié à Sophie et Jeanne.

Désormais elle voulait tendre vers un bonheur plus constant, apprivoiser le présent et la réalité. Elle arrivait à vivre sans projeter en permanence un avenir meilleur, à accepter les déceptions sans pour autant s'en sentir responsable, en tout cas pas l'unique, et pas tout le temps.

Elle avait réussi à se pardonner la séparation et la fin de son couple mais cela restait un mauvais souvenir. Il suffisait de peu de chose pour raviver les maux de ventre de l'époque. Ces SMS, c'était un peu cela. Elle n'attendait rien d'Éric, mais elle espérait déjà. Il lui fallait trouver de quoi occuper son esprit jusqu'à la fin de son service sinon elle allait être dans la lune tout le temps, à ressasser le passé.

Elle appelle le restaurant, note l'heure à laquelle ils passeront récupérer leur commande sur l'agenda et propose à Daniel de prendre la caisse principale jusqu'à la fin de son service. C'est l'endroit idéal, elle sera obligée de tenir la bride à ses souvenirs, travailler face aux clients ne pardonne aucune digression. Daniel a remarqué que quelque chose ne tournait pas rond, elle s'en rend compte. Il la regarde un peu bizarrement, il lui propose même d'aller boire un verre après le service, comme si elle avait besoin qu'on lui change les idées, il est vraiment gentil mais elle refuse la pitié plus que tout. Sur le podium de ses défauts se dresse l'orgueil, et cela lui a sauvé la mise un certain nombre de fois.

Elle s'échappe sitôt la fin de son service. Elle n'a pas fait attention à l'heure et elle craint d'être en retard à son rendez-vous à l'agence. Elle pourrait se le permettre, c'est lui qui n'a pas respecté le contrat et qui a failli aux règles qu'ils avaient conclues ensemble. Elle est la cliente, elle rémunère ses services, elle pourrait bien être quelques minutes en retard, ce ne serait pas un drame. Cette pensée la fait relever légèrement le pied sur l'accélérateur.

L'agence est fermée.

Elle n'en revient pas.

Elle reste une bonne dizaine de minutes devant en se disant que l'agent va arriver en courant, en s'excusant de son retard et va relever ce satané rideau. Mais il ne se passe rien. Elle ne regagne pas sa voiture tout de suite, elle marche, elle essaie de se perdre dans la ville mais ses pas la ramènent tout le temps devant la façade de l'agence. La colère monte, elle prend de la place. C'est un sentiment qu'elle avait réussi à chasser depuis longtemps. Il la prend à la gorge sans avertir. Elle est en colère après tous ceux qui s'octroient des libertés avec la courtoisie, le respect, la politesse, ceux qui oublient les choses importantes, qui ignorent ce que traversent leurs voisins, qui n'ont jamais le temps pour un sourire ou un bonjour, qui jettent leurs mouchoirs ou leurs canettes dans la rue, qui ne laissent jamais une pièce dans la casquette du chanteur, qui ne se penchent jamais vers ceux qui font la manche, qui sont en retard à tous les rendez-vous et qui en font une coquetterie, qui ne laissent jamais un pourboire, qui se moquent des sans défense en leur absence. Elle est en colère après elle qui s'enflamme de ces injustices du quotidien alors que tant d'autres plus graves mériteraient un courroux plus adapté, elle s'en veut d'avoir oublié si vite comment faire glisser les choses sur elle et de s'agripper à cette histoire de rideau baissé… Ou du SMS d'Éric…

Le problème elle le connaît. Elle peut se raconter tout ce qu'elle veut. Elle l'aime encore. Cela fait cinq ans qu'elle convainc tout le monde qu'Éric et elle, c'est de l'histoire ancienne, qu'il fera toujours partie de sa vie parce que c'est le père des enfants, mais que leur mariage n'est plus que l'addition des souvenirs d'une vie agréable. Elle a répété à qui voulait l'entendre qu'une lassitude insidieuse s'était faufilée entre eux avec les années et qu'elle avait chassé les derniers moments d'enthousiasme amoureux. Tout cela est tellement répandu que sa version est très crédible. Elle y a cru elle-même. La force de l'auto-conviction conjuguée à la distance et l'absence ont fonctionné à plusieurs reprises et parfois sur de longues périodes. Mais l'état dans lequel elle glisse depuis qu'il a envoyé ce maudit SMS lui remet la vérité plein phare. Elle n'a pas cicatrisé, tout cela n'est pas encore vraiment de l'histoire ancienne.

7

Noam a déposé Lyor au début du chemin qui conduit à la ferme. Elle aime bien marcher dans cette allée criblée de nids de poule et bordée de marronniers, une allée qui semble ne jamais finir tellement elle tourne dans tous les sens sur 200 mètres. Une originalité locale paraît-il, il est rare de voir ces arbres plantés autrement qu'en alignement parallèle, une autre particularité qui lui rend cet endroit attachant. La nuit tombe vite, l'automne est là, le vent forcit plus souvent. C'est décidément sa saison préférée. Elle aime ses contrastes, ses changements dans la végétation, le ciel, les températures et la luminosité qui baissent, les jours qui raccourcissent. Elle interprète tout cela comme une invitation, une autorisation plutôt, à s'occuper un peu plus de soi. Elle va allumer des bougies, faire réchauffer une soupe, s'installer dans le canapé enroulée dans sa couverture et s'engouffrer dans un roman. Les idées ont l'air de moins galoper ce soir, elle sent qu'elle pourra se laisser conduire par une intrigue et laisser ses préoccupations de côté. Maintenant que les choses sont posées, cela devrait être plus simple.

Noam l'a questionnée sur son père avant qu'ils remontent sur la moto. Il ne comprend pas pourquoi elle continue de courir après l'idée qu'un jour elle le reverra, pourquoi elle ne se résout pas à tourner la page, par quels mystères elle n'arrive pas à croire à sa mort après tous ces mois. Elle sait combien il l'aimait, quel père se priverait de voir ses enfants ? Ils en ont parlé déjà des dizaines de fois, mais il pensait que ça passerait. Pas elle. Elle a été invitée à rencontrer d'autres personnes qui vivaient la même chose. Des hommes et des femmes dont un proche, un parent ou un enfant, avait disparu sans qu'aucun corps ne puisse attester formellement du décès. Des contextes très différents mais qui conduisaient au même résultat, il y avait un faisceau d'indices mais pas de preuve. Les personnes avaient disparu, leur existence était devenue incertaine. C'est ce qu'elle a répété à Noam, l'existence de son père est devenue incertaine mais les circonstances de la disparition n'ont pas permis de conclure à un décès certain. Elle lui a récité les termes qu'elle connaît trop bien : *il est raisonnable de conclure que le décès est probable*, ou encore *bien que le décès soit incertain, la disparition de l'intéressé ne peut raisonnablement être attribuée à aucune autre cause que celui-ci*. Il y a trop de formulations conditionnelles et hypothétiques pour que cela devienne une réalité. Elle sait que sa mère a enclenché les premières démarches pour obtenir une déclaration de décès présumé, mais quelle que soit l'issue de celles-ci, cela ne changera rien pour Lyor. Elle va continuer d'espérer, et en attendant, elle peut agir pour rattraper le temps perdu. C'est très irrationnel mais elle a l'impression que ce qu'elle s'apprête à faire avec Emma va faire revenir son père d'une manière ou d'une autre.

Il n'y a pas de lumière dans la longère principale. Le futur locataire n'est pas encore installé, tout le corps de ferme est plongé dans l'obscurité. Il y a un véhicule garé à côté du sien, une voiture qu'elle n'a jamais vue et surtout quelqu'un à l'intérieur. Elle ralentit le pas, elle pourrait passer par-derrière, contourner la bâtisse pour ne pas être vue, elle n'a envie de croiser personne. Elle n'a pas pensé assez vite, le conducteur l'a aperçue, elle le voit qui s'apprête à sortir. Elle ne coupera pas à la rencontre.

Elle le reconnaît tout de suite. Il a quelques années de plus, l'air davantage fatigué, les épaules plus basses, mais c'est bien l'homme qu'elle a vu poser sur les photos dans le salon d'Emma, à côté de ses enfants. La cinquantaine alerte, en dehors de lourdes cernes, il se tient comme quelqu'un qui pratique une activité physique régulière. Elle s'arrête à quelques mètres de la voiture, le laisse approcher.

—Bonsoir. Est-ce que vous savez si Emma va bientôt rentrer ?

Elle ne répond pas. Il a l'air aux abois mais elle ne connaît pas ses intentions. De près sa fatigue est plus évidente encore. Comme s'il avait deviné ses pensées, il lui tend la main :

—Pardon je ne me suis pas présenté. Je suis Éric, son mari.

Elle lève malgré elle un sourcil devant l'approximation de cette présentation. En deux ans elle ne l'a jamais croisé, drôle de mariage, mais cela ne la regarde pas comme elle passe son temps à le dire aux autres. L'homme semble avoir un sixième sens, car il précise dans la foulée :

—Son ex-mari. Je lui ai laissé des messages mais elle ne répond pas, je commence un peu à m'inquiéter, vous l'avez vue aujourd'hui ?

Elle ne sait pas trop comment réagir. Elle sent l'homme malheureux mais elle ignore tout de lui et de ses relations avec Emma. Elle répond le plus simplement possible.

—Je ne l'ai pas vue aujourd'hui, mais il peut se passer plusieurs jours sans qu'on se croise.

Elle a parlé vite et s'arrête au milieu de ce qu'elle s'apprêtait à dire. Elle n'a pas besoin de se justifier, elle doit prendre garde à ne pas commettre d'impairs, elle ne sait rien de lui.

—Vous croyez que je peux attendre à l'intérieur ?

—À l'intérieur de quoi ?

—Bah de la maison. Il ne fait pas bien chaud dans la voiture.

—Ce n'est pas possible ça non.

—Je sais qu'Emma cache toujours une clé quelque part à l'extérieur, au cas où les gens arrivent quand elle n'est pas là. Elle a toujours fait ça. Depuis qu'elle a vingt ans. Ça me rendait un peu nerveux quand on habitait ensemble mais là ça prend tout son sens n'est-ce pas ?

Il essaie de l'amadouer en la rassurant, en lui parlant de sa vie passée avec Emma comme une preuve irréfutable de ses bonnes intentions. Elle n'aime pas cela. Mais elle a aussi entendu la tristesse dans le rire qui a ponctué sa phrase. Elle lutte entre deux sentiments contradictoires, l'aider ou ne surtout pas s'en mêler. C'est vrai qu'il fait froid. Elle sait tout à fait où est cachée la clé. Emma et elle ne s'étaient parlé que deux fois avant cette semaine, mais elle lui avait déjà confié la place de la cachette au cas où elle serait enfermée à l'extérieur et qu'elle aurait besoin d'attendre au chaud. Elle ne s'est jamais servie de cette information, il n'est pas question qu'elle la donne à l'inconnu, tout ex-mari aux yeux tristes soit-il, mais elle ne s'imagine pas pour autant le laisser attendre dans la nuit et le froid.

—Je ne peux pas vous laisser entrer chez elle, mais laissez un mot sur sa porte et venez vous mettre au chaud chez moi si vous voulez. On va la rappeler de là-haut, elle répondra sans doute maintenant.

Sa proposition le laisse sans voix. S'il préfère rester dans sa voiture, elle aura eu raison de se méfier, le froid n'aurait été qu'un alibi. Elle s'apprête à tourner les talons devant son silence mais il finit par acquiescer et par la remercier. Elle réalise son imprudence. Il ne faudra pas qu'elle raconte cet épisode à Noam, faire entrer un inconnu chez elle, c'est vraiment de l'inconscience.

À l'intérieur l'homme ne fait pas de commentaire, il n'observe pas, il reste debout face à la fenêtre. Il doit surtout voir son reflet, la nuit est noire désormais. Il a déjà pris trois fois son téléphone mais il n'a pas laissé de messages. Lyor a entendu les sonneries qui s'échouaient sur le répondeur d'Emma. Ou bien elle n'a pas envie de répondre, ou bien elle est vraiment débordée. Pour en avoir le cœur net elle envoie discrètement un SMS de son propre téléphone et lui dit qu'elle a de la visite. L'effet est immédiat. Comme si Emma avait eu le téléphone dans les mains, les yeux collés à l'écran, elle lui répond dans la seconde. Il est impossible qu'elle n'ait pas vu les messages de son ex-mari.

Il est où ?

Elle n'a pas demandé de qui il s'agissait ce qui confirme encore davantage ce que pensait Emma.

Chez moi.

Je suis là dans 5 minutes.

Le mari n'a pas bougé. Les mains dans les poches de son jean, il n'a pas retiré sa lourde parka, il n'a même pas ouvert celle-ci ou desserré un peu son écharpe épaisse. Lyor le laisse dans ses pensées, elle va se préoccuper de sa soupe en attendant qu'Emma vienne la libérer de son visiteur imprévu. D'ailleurs elle doit s'être manifestée car le portable de l'homme vient de s'éveiller.

—Elle arrive, prévient-il. Je vais redescendre. Merci.

Il franchit la porte sans rien de plus. Un courant d'air. Au lieu d'être rassuré, il avait l'air d'être plus inquiet encore à l'idée de retrouver celle qu'il est venu voir. Toutes les vies sont compliquées pense Lyor. Elle est contente de se retrouver seule. Elle se remet dans l'état d'esprit qu'elle avait réussi à atteindre en marchant au milieu des châtaigniers quelques minutes plus tôt. Demain elle ira parler à Emma. Si son drôle d'invité lui en laisse l'opportunité. Pour ce qu'elle a à dire, il est important qu'elles soient seules. Elle a imaginé ce moment un nombre incalculable de fois, elle a planté le décor dans tous les lieux possibles, à toutes les heures du jour et même de la nuit, mais à chaque fois elles n'étaient que toutes les deux.

Elle entend sa voiture qui arrive en crissant sur les graviers. Elle espère que l'homme ne vient pas en messager de tristes nouvelles. Pour une raison qu'elle ignore, son estomac se tord à cette idée. Elle ne sait rien d'Emma, elles ont très peu parlé, elles ne représentent rien l'une pour l'autre, pas encore, ne peut-elle s'empêcher de penser, mais l'idée de la voir souffrir lui est déjà insupportable.

8

Emma est comme anesthésiée. Le silence est épais, chaque bruit semble amplifié, la clé qui tourne dans la serrure, leurs pas sur le carrelage, l'eau qu'elle fait couler dans la bouilloire. Ils n'ont pas échangé un mot. Elle lui en veut mais elle refuse de le laisser déjà prendre la main et préfère jouer l'indifférence. Il ne manque quand même pas de culot de venir jusqu'ici sans avoir attendu qu'elle lui réponde. Elle n'arrive pas à le regarder, elle a peur de ce qu'elle pourrait ressentir. Rien que son parfum la perturbe. Heureusement qu'elle est en colère après lui. Ça tient un peu à l'écart les papillons qui s'agitent sans raison dans son ventre. Il a l'air fatigué. Fatigué et triste. Elle ne lui connaît pas ce visage-là. Il a beaucoup maigri aussi. Mais qu'est-ce qu'il fiche là ? Il ne compte pas dormir sur place quand même ? Elle sent son regard qui s'accroche à elle, il va bien falloir que l'un des deux brise le silence… Voilà, elle n'a plus rien à faire. Elle a préparé une infusion, elle ne lui en propose pas, elle s'assied dans le fauteuil le plus près, elle attend.

Éric se déplace, à pas feutrés, comme s'il avait peur de trop faire bouger l'air, il est vraiment bizarre. Il se pose face à elle, ils se regardent, plusieurs secondes, il lui sourit.

—Tu ne me proposes rien à boire ?

Elle lui montre sa tasse en levant les sourcils. Cela le fait rire.

—Je pensais à quelque chose d'un peu plus fort.

—Ah.

Pour n'importe qui d'autre elle serait déjà debout à réciter la liste de ce qu'elle peut proposer. Elle se contente de lui indiquer l'armoire où les bouteilles sont rangées.

—Regarde ce qui te tente. Les verres sont en dessous.

Elle ne sait même pas exactement ce que contient le buffet. Elle y a stocké les alcools que les uns et les autres ont apportés à l'occasion des dîners, des soirées et des déjeuners qu'elle a organisés ici, mais surtout dans son appartement précédent, en ville. Ici en dehors de Sophie et Jeanne, très peu sont venus. Ses fils lui ont plutôt offert des fleurs, elle leur en sait gré, et elle n'a pas lié de contact assez serré pour inviter ses nouveaux collègues de l'épicerie ou du centre médical. Elle ne boit quasiment jamais, un verre de vin à l'occasion, jamais plus, elle rejette tout ce qui peut lui faire baisser son niveau de vigilance ou perdre le contrôle de la situation, et elle n'a jamais pris aucun plaisir gustatif dans les boissons alcoolisées.

Il hésite. Il prend une bouteille puis la repose à sa place. Il finit par choisir un flacon tout en rondeur qui contient un liquide sombre.

—Whisky ? Demande-t-elle.

—Oui.

—Je ne savais pas que tu aimais cela.

—Je n'aime pas particulièrement. J'ai envie de quelque chose d'un peu fort.

Emma ne peut s'empêcher de lancer un regard à la voiture qu'il a garée devant chez elle. Comment va-t-il partir s'il s'alcoolise, et qu'est-ce qui peut bien mériter qu'il cherche à se faire tourner la tête ? Éric aime bien faire la fête, mais il a toujours l'alcool social, elle ne l'a jamais vu se servir un verre ni même une bière en rentrant à la maison le soir. Il allait plutôt courir, ou faire une partie de tennis avec ses collègues s'il avait besoin de quelque chose d'un peu fort comme il vient de dire. Elle se retient d'intervenir. Elle ne lui fera pas la leçon, elle ne le faisait déjà pas quand ils étaient mariés, ce n'est pas ce soir qu'elle va commencer. Elle se félicite d'avoir toujours une chambre prête au cas où, s'il n'est pas en état de rentrer, il pourra toujours dormir à l'étage, à l'opposé de sa propre chambre, le plus loin possible, surtout…

Elle a déjà fini sa tisane. Éric hume et goûte son whisky, il prend tout son temps. Emma pense qu'elle commence à sept heures le lendemain, qu'elle a accepté de prendre le dimanche de permanence de sa collègue dont les deux enfants sont malades. La curiosité qui ne cesse de gonfler en elle ne l'empêche pas de penser qu'il faut qu'elle ait la tête froide et l'esprit alerte. Les dimanches matin sont souvent denses et fatigants. C'est cette image qui l'a fait sortir du silence. Elle devine qu'ils vont parler longtemps, il est inutile d'attendre davantage pour savoir de quoi il retourne. Elle se lève et va poser sa tasse dans l'évier. Elle reste quelques secondes les mains posées sur la pierre froide, prend une lente et profonde respiration, et se retourne, décidée à ne pas laisser la situation lui échapper :

—Nous sommes samedi soir Éric. On ne s'est pas parlé depuis des mois, je rentre du travail et je repars demain très tôt. Qu'est-ce que tu es venu me dire qui ne pouvait l'être par téléphone ?

Elle n'a pas allumé toutes les lumières. Elle aime accorder la luminosité aux temps de la journée, le soir il n'y a souvent qu'une petite lampe dans le coin du salon. Pourtant elle sent les yeux d'Éric traverser la pénombre et la toucher en plein cœur. Il ne faut pas qu'elle le regarde, ces yeux-là ravivent tout ce qu'elle veut enterrer depuis des années.

—Éric ? Qu'est-ce que tu es venu faire ici ?

Il ne l'a pas quittée des yeux, il semble comme accroché à elle par le regard.

—Je ne sais même pas quoi te répondre Emma. J'étais perdu, j'ai attrapé les clés de ma voiture et j'ai roulé. Quand je me suis rendu compte que je me dirigeais vers toi je t'ai appelée. Je ne savais pas où aller. J'avais besoin de me sentir en sécurité, et il n'y avait que toi…

Un endroit sûr… Emma a le sens de l'humour, elle garde cette phrase en mémoire, elle saura la ressortir à un moment ou un autre. Elle ne pose pas de question, elle connaît Éric, pour que la parole sorte il faut que sa voix chauffe un peu. Il ne la fait pas démentir. Il poursuit une petite minute plus tard.

—Je crois que Lucie est en train de me quitter.

C'est la meilleure de l'année se dit Emma. Il est bien connu qu'en cas de rupture avec sa nouvelle femme, on va se réfugier dans les bras de celle avec laquelle on a vécu avant. Elle se mord les lèvres pour éviter qu'une ironie trop cinglante ne s'échappe de sa bouche.

—Si cela te rassure j'ai conscience d'être tout à fait pathétique ...

Elle ne commente pas. Elle ne le pense pas. La distance entre eux ne se mesure pas à la même échelle, c'est ce qui lui vient en tête. Éric semble avoir fait voler en éclat les kilomètres qu'ils ont mis entre eux ces dernières années en quelques heures. Elle sent plutôt au creux de son ventre la fraîcheur de l'indifférence qui s'est glissée lentement mais sûrement entre eux. Elle n'arrive pas à ouvrir les barrières. Le mélange d'attirance pour l'homme qu'elle a aimé et dont elle a eu l'impression de tout connaître, et la méfiance pour l'étranger qu'il est devenu au fil des cinq dernières années est déstabilisante. Il agit comme un vieil ami qu'on retrouve après un long voyage, mais ils ne sont pas cela l'un pour l'autre. Elle ne comprend pas qu'il se réfugie chez elle. Il est un être social par nature, qu'il arrive chez elle ce soir avec ses cernes et son visage défait plutôt que chez l'un de ses nombreux compagnons de route lui semble tout à coup plus inquiétant qu'inadapté. Elle se radoucit à cette idée et lui adresse un signe d'acceptation de la trêve et du réconfort qu'il est venu chercher :

—On n'est pas obligés de parler ce soir. Tu peux déguster ton whisky en prenant tout ton temps. Essaie de trouver le sommeil et demain tu y verras sans doute plus clair.

Il acquiesce et n'ajoute rien. Il frotte sa barbe naissante. Elle remarque alors seulement les tons de gris qu'elle a pris. Il n'a pas dû aller travailler ces derniers jours, un autre signe préoccupant. Tout associé qu'il est, il ne se rendrait jamais au bureau sans être rasé de près. Elle essaie de ne pas s'attacher à cette image, lui indique l'emplacement de la salle de bain et de la chambre qu'elle lui propose, et s'envole à l'étage sans même le regarder.

Elle s'octroie une longue douche, presque brûlante. Lors de sa première visite dans cette longère où il y avait beaucoup de choses à refaire, elle a aimé la présence de deux salles de bain à chacun des deux niveaux. Elle ne s'en est jamais autant félicitée que ce soir. L'étrangeté de la situation est ainsi un peu mise à l'écart. Elle sait qu'elle va chercher le sommeil mais elle n'est pas gênée par la promiscuité, leur intimité est préservée, chacun son étage.

Elle s'endort avec les chouettes, le seul bruit qui transperce la nuit. Un chant qui la rassure malgré les aigus parfois très surprenants. Il lui semble avoir grandi avec ces hululements et pourtant elle n'en a aucun souvenir. Elle trouve le sommeil sans le chercher et elle se réveille au petit matin, quelques secondes avant la sonnerie qu'elle avait programmée.

Assise sur le lit elle met quelques secondes avant de se rappeler la soirée. La maison est silencieuse mais il flotte des parfums qui ne trompent pas. Un feu de cheminée a été allumé, un café bien serré infuse au rez-de-chaussée, à côté de tartines de pain fraîchement grillées. Des odeurs qu'elle aime par-dessus tout mais qu'elle n'est plus habituée à partager. En général, surtout à cette saison, il lui faut braver la fraîcheur des tomettes et des murs traversés par les températures de la nuit, s'enhardir dans la salle de bain, s'envelopper dans son épais peignoir avant de descendre pour mettre une bûche et se préparer le petit déjeuner. Elle décide de ne pas laisser les émotions monter et de simplement profiter du confort qu'Éric lui propose en ce dimanche matin. Elle a une petite heure avant de partir, un air de week-end flotte dans la pièce alors qu'elle pensait courir dès le saut du lit. Elle jette un œil à son reflet en passant dans le grand miroir du couloir, hésite un court moment mais se ravise avant de prendre les escaliers. Cette robe de chambre est extrêmement douillette mais elle ne la met pas forcément en valeur. Elle va s'habiller, ce sera autant de temps de gagné pour après, se dit-elle pour se dédouaner de sa coquetterie et ne pas penser aux raisons qui la conduisent à se montrer à son avantage devant son ex-mari.

9

Lyor est sortie à deux reprises déjà. La première fois elle pensait juste toquer à la porte d'Emma et s'inviter à partager un café. Quand elle a vu que sa voiture n'était plus là mais que celle de l'homme croisé la veille occupait toujours le coin où il l'avait posée, elle a rebroussé chemin et est remontée chez elle. De son appartement elle n'a une vue que sur les champs, sans visibilité côté cour. Elle a mis le nez dans quelques dossiers en cours pour Noor jusqu'à midi et puis elle a retenté sa chance. Rien n'avait changé. Elle a décidé d'aller prendre l'air plus loin pour tromper son impatience.

Dans la grange qu'Emma met à la disposition de ses locataires, Lyor a rangé ses deux vélos. Celui qu'elle utilise quand il lui prend l'envie d'aller au bureau, à 12 kilomètres de là, sans utiliser la voiture. C'est un VTC confortable qu'elle a acheté à l'occasion d'un vide-greniers peu de temps après son arrivée ici. Et puis il y a son vieux tout terrain, celui qu'elle a bricolé encore et encore pour qu'il traverse les années, celui qu'elle a usé avec son père les dimanches matin en forêt depuis son adolescence. Elle ne l'a pas sorti depuis un moment, il a pris la poussière. Elle s'occupera de le faire briller après la sortie du jour. Au moment où elle sort de la grange, il lui semble entendre un bruit, un frottement, quelque chose qui gratte. Elle tend l'oreille quelques secondes mais rien ne revient. Elle traverse la cour dans sa diagonale pour aller rejoindre le chemin. Au bout de celui-ci, juste après le croisement avec la route, trois sentiers partent en étoile. Elle ferme les yeux sur quelques mètres, savoure le vent qui rougit déjà ses joues, s'arrête pour ajuster son bonnet et enfiler ses gants. Les sensations familières reviennent facilement quand le temps et la lumière sont propices comme ce matin. Elle sent presque la présence de son père à côté d'elle.

Cette région compte parmi ses angles magiques l'incroyable variété de ses paysages. Aux trompeuses plaines succèdent les bois touffus, denses, aérés de clairières lumineuses qui apparaissent brutalement. L'horizon n'est jamais le même selon l'orientation que l'on choisit, les collines des Monts d'Arrée ne sont pas loin et par temps clair on devine le Ménez Hom. De l'autre côté on peut imaginer grâce aux teintes que prend le ciel, l'océan tout proche. Elle réalise combien elle aime cet endroit, à la croisée de tout ce qui compte pour le moment. Elle se sent curieusement chez elle ici alors qu'elle n'y habite que depuis deux années. Elle est née loin de tout, ses parents avaient fait le choix de la campagne. Les évènements en avaient par la suite décidé autrement. La belle petite maison à peine construite, sa mère avait accouché. Elle et sa jumelle étaient arrivées presque à terme, des circonstances inespérées, un fait rare en tout cas pour une grossesse tardive, à plus de quarante ans. Sa mère avait été très prudente mais l'accouchement ne s'était pas passé comme prévu. Elle a demandé à tout savoir de ce jour-là. Ses parents ont essayé de raconter mais ils n'ont jamais réussi à aller très loin dans les explications. Elle a cessé de les interroger. Elle a entendu qu'une fois passées les frayeurs de la naissance, l'attente a commencé, l'inquiétude les empêchant de profiter pleinement de la joie de cette famille toute neuve. Au bout de quelques mois, il est apparu que sa jeune sœur ne présentait pas un développement normal. Ils avaient alors quitté la campagne pour se rapprocher d'un lieu qui présenterait des ressources plus accessibles pour aider Lory, elle s'appelait ainsi, à grandir avec son handicap avec le plus d'atouts possibles.

Ils avaient choisi deux prénoms bijoux, avec de l'or massif. Flor et Lory. Elle s'est appelée Flor jusqu'à ce que sa petite sœur disparaisse. Elle s'est ensuite rebaptisée en inversant les syllabes qu'avait portées sa jumelle. Lory, Lyor. Une des mille façons qu'elle a trouvées à l'époque pour la garder tout contre elle, en elle-même.

Elle gomme cette partie de l'histoire, s'arrête juste avant qu'elles ne soient plus ensemble. Pour le moment Flor pédale devant sa sœur et son père, elle leur montre le chemin, elle les imagine derrière dans cette curieuse machine qu'il avait construite pour que Lory puisse sentir le vent passer sur elle, même si elle ne pouvait pas bouger les jambes.

De cette vie d'avant il ne reste plus grand-chose. La famille a volé en éclat. Elle a coupé les ponts, n'a plus parlé à ses parents pendant très longtemps. Au choc sourd et profond de la mort de Lory s'était ajoutée la révélation d'un mensonge plus vieux qu'elle. Cela avait anesthésié ses sentiments, elle avait dû fuir. Elle n'a parlé qu'à deux personnes de tout cela. Il n'y a que Noam et Naomie qui savent. Et Emma bien sûr. Sans doute. Qui sait sans savoir…

Elle n'a jamais été très bavarde. La discrétion est avant tout une affaire de pudeur. Elle n'est pas à l'aise avec les confidences posées sur la table. C'est comme se déshabiller, c'est très intime. Dangereux est le mot qui lui vient. Elle ne sait pas quoi faire avec celles et ceux qui ont les secrets faciles. C'est un de ses critères discriminants lors de ses entretiens de recrutements. Quand la sphère intime arrive sans crier gare au détour d'un échange professionnel, elle se referme et met fin à la conversation dans la minute qui suit. C'est sans doute la raison pour laquelle à trente et un an elle n'a jamais eu que deux amis autour d'elle. Et Lory.

Elle a roulé vite. Quand elle s'arrête, bloquée par l'intersection avec la nationale, elle a le souffle court. Elle a déjà bouclé le tour qu'elle voulait faire. Elle pourrait prolonger un peu mais elle aurait l'impression de se trouver un nouvel alibi pour ne pas parler à Emma. Elle se rappelle la soirée avec Noam. Les engagements qu'elle prend avec lui sont ses meilleurs garde-fous. Elle ne négocie pas les promesses qu'elle lui a faites, il n'a jamais failli aux siennes. Elle chasse définitivement la tentation de pousser jusqu'au hameau suivant et rentre à la ferme sur le même rythme. Quand elle arrive sur les graviers de la cour, le paysage a bien changé. Trois véhicules sont arrivés dans l'intervalle, dont un petit utilitaire qui dégorge de cartons. Le nouveau venu emménage déjà. Elle peut faire une croix sur le logement qu'elle convoitait, ça lui apprendra à laisser les choses traîner. Elle hésite. Elle pourrait quand même demander à jeter un coup d'œil, se rapprocher un peu, juste pour se rendre compte, essayer de respirer la présence passée de son père entre les murs, vérifier si ce n'est qu'une chimère comme Noam le clame ou si elle pourra quand même voir les lieux avec les mêmes yeux que lui à l'époque. À force de réfléchir sans parvenir à se décider, elle se laisse surprendre par l'homme en train d'emménager, plantée comme un piquet à deux mètres de son entrée. Il manque de lui rentrer dedans.

—Je peux vous aider ?

Comme à chaque fois qu'elle est prise de court, elle fuit, faute d'avoir la répartie spontanée. Le nouveau voisin est poli mais son ton est sec et son regard peu engageant.

—Non merci. Bon courage, répond-elle sur la même forme sans le regarder.

Elle entend ce qui ressemble à un soupir d'exaspération dans son dos. D'un coup d'œil elle voit que le visiteur d'Emma n'a pas levé le camp. Elle se sent soudainement oppressée par la présence de tous ces inconnus. Elle va ranger son vélo mais elle ne s'attarde pas dans la grange pour le nettoyer comme elle l'avait pensé au départ. Elle retraverse la cour sans lever les yeux, les oreilles bourdonnantes et la vue troublée par un trop plein d'émotions qu'elle ne cherche pas à démêler.

Elle monte les dernières marches de son escalier quand des cris aigus la tirent de cet enchevêtrement de sensations. C'est un jeune enfant, impossible pour elle d'identifier si c'est un garçon ou une fille et d'avoir une idée de son âge. Les exclamations ont la couleur d'une excitation joyeuse, mêlée à un soupçon de crainte peut-être, mais ce n'est pas ce qui domine. Elle redescend pour voir ce qui se passe, pour mettre des images sur les sons. Avec les enfants tout est simple. Elle se dit souvent que la vie serait plus simple si elle vivait entourée d'animaux et d'êtres humains de moins de dix ans. Fini les faux semblants et les manœuvres de dissimulation, place aux émotions et aux mots sincères, spontanés, aux relations brutes et vraies, non polies ou déformées comme cela arrive tellement souvent par la suite.

C'est une petite fille. Elle lui donne sept ou huit ans. Elle fait des allers-retours entre la grange et la longère qui est en train d'avaler les cartons du camion.

—Papa ! Papa ! Viens voir ! Vite !

Sitôt arrivée au seuil de la porte, elle repart sans attendre de réponse, attirée comme un aimant vers la grange, pressée de retrouver l'objet de son émerveillement qui se tapit vraisemblablement là-bas.

Alors que Lyor s'est posée contre le mur du bâtiment principal, comme au spectacle, hésitant à rejoindre l'enfant de crainte de l'effrayer, le père sort de la maison et balaie la scène.

—Désolé pour le bruit. Je vais lui dire de parler moins fort, lance-t-il à Lyor.

Il ne s'est pas départi de son air sévère. Il avait l'air beaucoup moins dur le premier jour, lorsqu'elle l'a croisé sur le parking du supermarché. Lyor abandonne le mur et s'approche. Les mots sortent tout seul cette fois :

—S'il vous plaît non, laissez-la parler fort.

Il lève les sourcils.

—Elle ne me dérange pas du tout. C'est agréable un peu d'innocence et de spontanéité qui débarque dans la cour.

—Vous ne la connaissez pas. Innocence n'est pas ce qui la définit le plus précisément !

Il a souri, ça lui a échappé. Il se reprend.

—Je vais lui dire de rentrer. Je ne sais pas ce qui se passe là-bas mais cette grange doit regorger d'objets rouillés et coupants.

—Si vous êtes d'accord, je reste avec elle ? Pendant que vous videz vos cartons ?

Il la regarde comme s'il allait trouver la réponse à lui apporter dans ses yeux à elle, puis il enchaîne, sans se départir de son visage fermé, mais avec un peu plus de légèreté dans sa voix :

—On va là-bas ensemble ? Je vous présente ?

—D'accord.

Cela fait longtemps que quelque chose ne lui a pas autant fait plaisir que cette proposition. Elle pense à sa réaction première et se revoit chez Emma, en train d'argumenter en vantant la surface et le loyer modéré. Elle rougit à retardement. Outre l'argument du bail déjà signé, il est évident qu'avec un enfant de cet âge son appartement en loft avec son escalier peu sécurisé n'était pas adapté du tout.

L'enfant est accroupie au fond, immobile. Elle leur tourne le dos. Quand ils sont tout près, une fois que leurs yeux se sont adaptés à la faible luminosité, ils comprennent tous les deux de quoi il retourne. Ils se mettent dans la même position. La petite fille n'a pas bougé. Elle accueille leur présence en murmurant :

—C'est un bébé chat. Chut il dort. Il ne faut pas faire de bruit.

Lyor regarde le père. Elle se rappelle son prénom, il lui saute au visage en même temps. Titus. C'est quelque chose… Elle s'empêche d'imaginer trop loin combien son enfance a dû être marquée d'épisodes pesants avec un prénom pareil. Virus Gugusse Minus… Ou peut-être qu'elle projette, encore… Pour le moment, même accroupi, il a effectivement l'air d'un géant à côté de sa fille. Un titan dont le regard et la large main posés sur l'épaule de l'enfant trahissent ce qui doit être sa plus grande fragilité, cette faille qu'elle sent capable de faire vaciller son imposante stature, cet amour inconditionnel qu'il semble porter à sa fille.

Lyor s'extirpe de ce regard paternel. Il lui fait trop de bien et trop de mal à la fois.

—Il ne dort pas vraiment, dit-elle, il est trop petit pour ouvrir les yeux.

—On peut s'en occuper papa ? Je peux le ramener dans la nouvelle maison ?

Sa main caresse les frêles épaules de sa fille, comme pour nuancer la réponse qu'il lui donne :

—Sa maman va sans doute revenir, il faut le laisser tranquille et éviter de le toucher ma puce. Si tu mets ton odeur sur lui, sa maman risque de ne plus le reconnaître.

—Et si elle ne revient pas ?

—Alors on verra.

Lyor se relève. Elle regarde autour d'elle. C'était donc cela le bruit qu'elle a entendu plus tôt. Ce chaton qui essayait de ramper ou de se réchauffer. Peut-être était-ce sa mère qui venait voir où il en était ? Ou qui s'assurait qu'il était assez protégé en réaménageant un peu son nid ? C'est peu probable. Les mères ne s'éloignent jamais ni loin ni longtemps les jours qui suivent la naissance, et ce petit-là n'a pas l'air d'avoir deux semaines. Si sa mère a décidé de ne plus venir pour une raison ou une autre, ses chances de survie sont très minces, presque nulles, Lyor en sait quelque chose. Avant d'être la chatte aventurière qui explore la campagne à longueur de journée et qui ne rentre qu'épisodiquement se mettre au chaud et se rassasier, Hardie a aussi été un chaton abandonné. Elle s'en est occupée plusieurs semaines avant d'être rassurée par le vétérinaire. Et elle était bien plus vieille que ce nouveau-né, elle avait presque un mois. Elle revient vers Titus, lui fait signe de s'approcher pour qu'elle lui parle sans que la petite entende :

—Si on ne s'en occupe pas tout de suite il y a des chances qu'il ne passe pas la journée. Avec ces températures, sans sa mère, il va mourir c'est sûr.

—Vous êtes vétérinaire vous ?

Elle marque un temps avant de répondre. Elle ignore l'agressivité, comprend que beaucoup de choses se jouent avec ce chaton et qu'il n'envisage pas de briser le cœur de sa fille.

—Non. Mais il faut en voir un rapidement, pour le réchauffer, le réhydrater, savoir quel âge il a, acheter de quoi le nourrir. Je peux m'en charger.

Il a gardé ses sourcils froncés. Il réfléchit. Lyor coupe court au moment, de toute façon, maintenant qu'elle connait son existence, elle sait qu'elle ne pourra pas laisser l'animal seul dans cette grange en imaginant ce qui l'attend si personne ne s'en occupe.

—Je vais chercher ce qu'il faut pour le transporter. Mais vous devriez dire à votre fille qu'il n'est pas certain que je revienne avec lui, il est peut-être trop faible pour survivre, ou le véto le mettra peut-être sous couveuse quelques jours.

Elle n'attend pas de réponse. Elle est dans l'urgence de sauver ce petit chat désormais. Elle a l'impression que chaque seconde compte. Elle se doute qu'elle vient de trouver là l'issue parfaite à son dimanche qui prenait une drôle de direction. Elle espère que le dénouement ne sera pas dramatique. Elle revit déjà les premières heures avec Hardie, la boule au creux de son ventre s'est installée et elle se doute qu'elle va devoir vivre avec un petit moment. Arrivée dans son appartement elle attrape ses clés de voiture, va choisir une polaire et une écharpe en laine dans un sac et cherche le petit panier en osier dans lequel elle stocke les noisettes qu'elle fait sécher tous les ans. Il sera parfait pour abriter le bébé le temps du trajet, à condition de le caler habilement dans ses vêtements. Comme si elle se doutait de ce qui se passait, Hardie arrive tranquillement, se faufile entre les jambes de Lyor avant d'aller s'installer sur les coussins de sols.

Elle n'a pas traîné mais elle s'est quand même absentée un moment. Pourtant quand elle retrouve le père et l'enfant dans la grange, le tableau n'a pas changé. Accroupis tous les deux dos à l'entrée, ils sont toujours plongés dans l'observation du chaton immobile. Lyor prend soudainement peur. Elle n'a pas vérifié… Et s'il ne respirait déjà plus ? Elle ne l'a pas vu bouger et elle n'a pas approché non plus sa main pour sentir sa température tout à l'heure. Elle arrive sans être discrète, pour faire venir la vie entre les quatre murs qu'elle trouve trop silencieux.

—Me voilà ! Avec le carrosse du petit prince ! Vous me faites une place pour que je l'installe ?

Elle se promet de faire comme s'il dormait, quoi qu'il arrive, tout en espérant de toutes ses forces qu'elle sentira sa chaleur quand elle cueillera entre ses mains la chétive petite boule de poils. Elle est rassurée avant même de le toucher. Elle l'a vu bouger. Frémir plutôt. Elle a lavé ses mains avec précaution, elle le fait glisser de l'une à l'autre, il est si petit, il tient dans une seule paume. Elle le pose dans le panier gonflé des tissus qu'elle a fait chauffer brièvement sur l'un des radiateurs en fonte, la chaleur ne tiendra pas longtemps mais c'est toujours quelques minutes de gagnées. Titus et sa fille la regardent comme si elle exécutait un savant tour de magie, religieusement. Une fois l'opération réalisée, le panier blotti au creux de ses bras, elle brise à nouveau le silence :

—J'ai appelé le vétérinaire, il m'attend. Je le connais c'est un homme bien.

La petite ne la quitte pas des yeux tout en s'adressant à son père :

—Papa on peut aller avec elle ?

—Ce n'est pas possible non. Et puis tu as ta chambre à installer, tes valises à vider, je compte sur toi.

Elle ne négocie pas. Elle a l'air déçu mais elle ne dit rien. Lyor ne peut pas s'empêcher de la couvrir d'un sourire. Elle voudrait voir son visage s'éclairer comme plus tôt quand elle s'élançait dans la cour. Elle ignore ce que Titus lui a dit mais il a dû la mettre en garde contre de trop grands espoirs.

—Comment tu veux l'appeler ?

C'est une question qu'elle se pose à elle-même depuis qu'elle a vu le chaton. Elle offre à la petite la possibilité de choisir. Quoi qu'il arrive pendant les prochaines heures, il a droit à une identité.

—Laisse.

—Laisse ? Comme une laisse ?

—Non. Solaisse. Comme dans les bras de maman…

Après une seconde de surprise, Lyor comprend que l'enfant s'est exprimée en anglais. Solace. Réconfort. La définition qu'elle a donné au mot a bouleversé son père. Lyor enchaine :

—Et toi ? Comment tu t'appelles ?

—Hope.

—Hope, je te donne des nouvelles de Solace dès que possible. Je te promets.

—D'accord. À tout à l'heure.

Le réconfort et l'espoir rencontrés dans la même journée, Lyor est un peu chamboulée. Elle feint la légèreté et va s'engouffrer dans sa voiture pour ne pas mentir plus longtemps. Rendre triste cette petite est une idée pétrifiante. Il faut que Solace soit courageux et résistant, il en va du sourire de l'espoir.

10

Emma est traversée de deux envies qui s'affrontent. Elle est pressée de rentrer, de voir Éric, d'entendre ce qu'il veut lui dire. Elle est tout autant prise du désir de fuir cette entrevue imposée, imprévue, à laquelle elle n'est pas préparée et qui pourrait abriter des situations inconfortables auxquelles elle refuse de se confronter. L'empathie qu'elle a ressenti devant les cernes de son ex-mari et ses épaules tombantes lutte avec la contrariété de le voir arriver sans s'annoncer et d'être prise de court. Elle arrive au dernier carrefour. Elle sera à la ferme dans quelques minutes et elle aurait volontiers savouré un dimanche paresseux pour récupérer de sa propre fatigue. Sa dernière nuit a été courte, la matinée intense. Les premiers froids amènent au centre les plus fragiles, les bébés, les personnes âgées qui ont pu se déplacer. Ils n'étaient pas trop de trois infirmiers et de deux médecins ce matin pour accueillir, écouter et soigner les mines fatiguées qui se côtoyaient dans la salle d'attente. Elle éteint la radio. Elle n'a pas écouté un mot du reportage qui a commencé quand elle a quitté le centre. Elle n'arrive pas à réfléchir. Le fil de ses pensées est sans cesse coupé par les mots qui s'échappent des ondes. Elle n'arrive pas non plus à se concentrer sur l'émission qu'elle aime pourtant beaucoup, son esprit est trop pollué par ses préoccupations. Quand le silence revient dans la voiture, il lui semble que sa tête se vide enfin. Et s'il lui suffisait de se laisser conduire par les évènements pour une fois ? Attendre et aviser en fonction de ce qui se présentera à elle ? Elle s'est retenue de faire un détour sur le marché, elle a tout ce qu'il faut chez elle, pour deux et même pour dix. Elle avait envie d'un poulet croustillant, mais elle s'est ravisée. Il vaut mieux qu'elle évite de construire un décor trop familier autour de la présence d'Éric. Le poulet du dimanche, une scène de la vie d'avant, acclamée par les enfants, et qu'elle continue de reproduire pour le plus grand bonheur de ses quatre fils quand il leur arrive de venir passer un week-end. Non ce midi elle avait envisagé un repas plus monacal, elle ne va pas changer son programme.

Elle avait oublié que le nouveau locataire emménageait ce dimanche. Elle a quitté la ferme dans le silence de l'aube et elle la retrouve animée comme un jour de préparatifs de fête. Elle qui est si prompte d'habitude à nouer connaissance et à aller vers les autres se sent toute drôle. Comme si elle était seule pour la première fois depuis longtemps, déracinée alors qu'elle est au plus près de ses origines familiales. Elle salue les personnes qu'elle croise, des amis du nouveau locataire qui sont là sans doute pour aider à déménager. Elle ne traîne pas. Elle rentre vite chez elle.

Elle ne s'attendait à rien de tout cela. Ni à la scène qui se présente à elle, ni à sa manière d'y réagir. Éric a dressé la table, il a mis un poulet au four dont le parfum aiguise son appétit déjà bien ouvert, il a même rempli un vase de fleurs fraîches. Passé l'étonnement devant cet accueil et tous ces préparatifs, une montée d'émotions la prend à la gorge et elle est contrainte de filer dans la salle de bain pour ne pas fondre en larmes.

Elle l'entend qui s'inquiète derrière la porte. Cela n'a duré que quelques secondes, c'est déjà passé, mais sa réaction est inédite. Cela fait longtemps qu'Emma n'a plus les émotions à fleur de peau ou la larme facile. Des années que cela n'était pas arrivé, elle pensait que ces réactions appartenaient à celle qu'elle avait été, bien différente de la femme qu'elle est devenue. Elle se regarde dans le miroir, interloquée par cette éruption de sensations qu'elle est bien incapable de définir… Joie, peine, surprise, trop de choses ont afflué en même temps et elle n'a trouvé que les larmes pour les évacuer :

—Emma ? Ça va ?

Elle attend que son reflet lui confirme que tout est revenu à la normale avant de répondre.

—Oui oui. J'arrive. Un petit coup de chaud avec la différence de température entre ici et dehors. J'arrive. Ça sent terriblement bon !

Elle passe la main dans ses cheveux, ébouriffe ses boucles, inspire profondément. Mais qu'est-ce qui lui arrive ? Elle se fait l'impression d'être une jeune soupirante avant un premier rendez-vous, alors qu'elle va déjeuner sous son propre toit en compagnie de son ex-mari. Elle attrape un élastique et attache ses cheveux avant de le rejoindre.

Il lui tire la chaise, l'invite à s'asseoir, lui demande comment s'est passée la matinée. Elle s'oblige à saupoudrer d'ironie la conversation sans attendre, la drôle de boule dans sa gorge menace de s'installer et il n'en est pas question.

—Le bon repas, la jolie table, les questions attentionnées, mais qui a pris possession du corps de mon ancien mari ?

Il rit, remplit son bol de soupe, un potage qu'il a fait réchauffer certes, mais elle avait vraiment envie de cela. Elle se radoucit un peu.

—Merci. Pour tout ça. C'est très agréable. Tu veux me raconter un peu ce qui t'arrive ?

Il s'assied à son tour. Face à elle. Il a retrouvé un peu de lumière dans ses yeux. Celle qu'elle a cherchée hier soir et qui était tamisée par le découragement qu'il portait sur lui. Il n'a jamais fait son âge. Malgré la fatigue et le moral en berne, Éric est toujours un bel homme. Ses yeux gris s'accordent désormais avec les fils d'argent, plus nombreux, dans ses cheveux bruns.

Il a toujours aimé le sport, cela l'a aidé à conserver une silhouette svelte malgré les années et il a le talent de bien choisir ses vêtements.

—Je suis content d'être là. Ne crois pas que je ne me rende pas compte de l'étrangeté de la situation.

Elle acquiesce sans rien ajouter. Le silence s'installe mais il n'est pas inconfortable. La scène est curieuse mais pas gênante.

—Je te trouve très belle. La campagne te réussit.

Elle se lève. Elle ne se rappelle pas la dernière fois qu'on lui a dit ça. Elle va remplir la carafe d'eau pour masquer le rouge qui lui est monté aux joues. Elle commence à s'en vouloir de réagir au quart de tour au grand jeu qu'Éric lui sort. Elle s'intime de se reprendre et de cesser de s'émouvoir de ces attentions et gentillesses de circonstances.

—Tu repars tout à l'heure ? Tu veux qu'on aille faire un tour à la mer ? Marcher ?

—Je pensais rester, si c'est d'accord pour toi. J'ai pris quelques jours, rien ne m'appelle là-bas. J'ai besoin de récupérer. Je pourrais te chouchouter ? Des petits plats contre un lit ? Je suis sûr que je peux me rendre utile… Une semaine au plus… Qu'est-ce que tu en dis ?

—Je ne sais pas Éric. Tu me prends de court là… Ça fait beaucoup d'un coup…

—Qu'est-ce que tu diffères comme corvée que je pourrais faire à ta place pour te convaincre ?

—Ça va, il n'y a rien sur le feu. Mon seul souci c'est cette fichue agence… Mais ce n'est pas la question tu le sais bien.

Elle s'est rassise. Éric avance son bras et pose sa main sur la sienne. Elle la retire comme s'il l'avait brulée.

C'est bizarre. Arrête cette comédie Éric. On ne s'est pas parlé normalement depuis une éternité et là tu te comportes comme si on fêtait nos deux ans de mariage. Je suis mal à l'aise. Ça me semble complètement inapproprié. Si tu veux rester quelques jours ici je suis d'accord au nom de l'amitié qu'il y a sans doute derrière notre histoire bien compliquée, mais il va falloir adopter quelques règles de base.

C'est ce que Emma aurait voulu dire. Elle s'est pourtant juste contentée de retirer sa main. Elle sait pourquoi. L'émotion n'a pas fait fuir sa lucidité. Elle n'est plus tout à fait elle-même depuis qu'il est arrivé. Elle s'agace toute seule de perdre ainsi ses moyens. Elle ne lui en veut pas. Il joue à la perfection depuis la veille le rôle qu'elle a espéré pendant leur mariage mais elle est bien la seule responsable d'y être sensible à ce point. Elle s'efforce de couper court aux « et si » qui commencent à s'accumuler dans sa tête. Leur mariage ne s'est pas écroulé parce qu'Éric ne faisait pas cuire le poulet le dimanche ou parce qu'il ne se préoccupait pas des corvées pour lesquelles il aurait pu la soulager. Non. Ce mariage s'était effondré à force de s'effriter et rien ne pouvait renaître de ces cendres-là. Malgré tout, elle est sous le charme et cela la désespère. Elle fond sous son regard, elle le trouve terriblement séduisant revêtu de sa solidité habituelle, à peine fendue par cette fragilité et cette sensibilité nouvelles. Il lui faut convoquer les souvenirs désagréables pour se libérer de l'envie de céder au jeu qu'il lui propose. Éric n'est pas dans son état normal, il est sous le choc d'une séparation qui n'était pas envisageable. Il vient maladroitement chercher le réconfort auprès de la pire personne qui soit mais il ne s'en est même pas rendu compte, à elle de manœuvrer habilement la situation pour que rien ne parte de travers. Le plus simple dans l'immédiat c'est qu'il disparaisse de sa vie, même momentanément, pour qu'elle puisse réfléchir à tout cela avec la tête un peu plus froide.

—Peut-être que tu devrais aller prendre l'air de ton côté ? J'ai pas mal de bricoles à faire cet après-midi et j'ai besoin d'être seule pour les faire à mon idée.

—Je comprends. On goûte quand même ce poulet ? Parle-moi de ton problème d'agence, pour voir si on peut démêler ça ?

—Ça me va.

À la fin du repas il débarrasse la table, fait la vaisselle et lui apporte un café dans le canapé. Elle a l'impression d'être une reine et elle en savoure le confort sans perdre de vue les arguments raisonnables qui doivent guider ses actes et ses paroles tant qu'Éric est à côté d'elle. Ils ont discuté du problème qui la perturbe avec *Jean l'agent immobilier*. Il lui a proposé de rédiger pour elle un courrier avec les références règlementaires dont il est un des spécialistes et de lui soumettre. De son point de vue, elle devrait cesser de travailler avec lui. Il pourra lui conseiller d'autres agences mais il lui conseille de traiter directement avec les locataires. Il lui propose de lui préparer ça pour le soir. Elle se laisse convaincre, elle n'est pas d'humeur à traiter ce désaccord avec l'agent et si Éric offre son aide pourquoi refuser ? Il écrira les courriers loin de chez elle, pour lui laisser le champ libre aux activités qu'elle avait prévues. Il ne pose pas de question sur la nature de celles-ci. Emma l'écoute et intègre les informations. L'attitude de son ex-mari l'aide au moins à cesser d'élaborer les scénarios qu'elle construit en boucle depuis la veille. À chaque évènement inédit ou imprévu, elle fait cela. Elle anticipe tout ce qui peut se passer, pour mieux s'y préparer, pour mieux s'en protéger. En général les conclusions auxquelles elle aboutit avant même que les choses arrivent lui font gagner du temps. Rien ne sert d'investir une relation, un projet, qui a une probabilité d'échouer ou de ne pas être à la hauteur des attentes qu'elle a. Cela gagne du temps et de l'énergie, et surtout beaucoup de déception. Depuis qu'Éric est là, elle sait qu'il va partir, elle le voit déjà franchir la barrière, c'est une question de temps. Le mystère c'est cette appréhension qu'elle a déjà de voir sa silhouette disparaître.

Mais il ne part pas.

Il parle même de rester.

Arrêter de penser, rester dans le présent, laisser les choses se passer. Elle y est arrivée ces dernières années, elle va retrouver ses réflexes. Pourquoi toutes ces heures à travailler semblent-elles s'être envolées en une journée ?

Éric a franchi la porte. Enfin. Il n'a pas précisé où il allait ni quand il revenait. C'est mieux ainsi. Cela fait moins « couple ». Quand ils étaient ensemble il ne disait pas grand-chose de ses escapades. Elle replonge dans le passé, secoue la tête pour ne pas aller plus loin. Sur la liste qu'elle a griffonnée dans sa tête quand elle prenait son café, il y a déjà quatre missions ; appeler Sophie et Jeanne, ramasser les noisettes tombées, ratisser les feuilles et s'occuper du linge. Il y a autre chose bien sûr, qui n'est jamais sur aucune liste griffonnée, manuscrite, dactylographiée ou mentale. Cette envie-là, qu'elle ressent aussi fort qu'un besoin, reste pour le moment soigneusement empaquetée dans l'élégant carton bleu que Noël lui a laissé. Dans le joli carton, dans le disque dur de son ordinateur, sur le Cloud et sur une clé USB. Elle retourne régulièrement au carton bleu, elle n'a jamais travaillé un dossier aussi loin. Un des rares projets pour lesquels elle a tellement soupesé, évalué, mesuré les risques, qu'elle pourrait presque affirmer qu'il est solide, qu'il tient la route, que son avenir est tracé. Pourtant elle ne sort le carton bleu que pour actualiser les données, vérifier que les équations fonctionnent toujours, et synchroniser les sauvegardes numériques. Depuis que Noël est mort elle n'a plus parlé à personne de cette envie qui la démange de plus en plus fort de poser les pierres de ce vieux rêve. Peut-être qu'elle en parlera à Sophie et Jeanne tout à l'heure…

Sa tasse est vide. La lumière décline déjà. Elle attrape un pull, le panier en osier posé sur le carrelage, le vide des épingles à linge en les déversant dans le sac le plus proche, et sort alléger la pelouse des centaines de noisettes qui ont commencé à tomber depuis deux semaines.

11

Il y avait du monde chez le vétérinaire. Lyor avait pris soin d'appeler avant de s'y rendre. À la description qu'elle avait faite de la situation on lui avait répondu qu'il fallait venir dans la journée, que ça ne pouvait pas attendre le lendemain pour donner toutes ses chances à l'animal sans doute très affaibli. Quelques heures plus tard, elle repart. Sans Solace. Après avoir été ausculté, il a été mis au chaud, sous une couveuse qui va compenser les carences précoces en soins dont il a souffert à rester seul si tôt après être né. Le diagnostic est bon, il n'est ni malade ni blessé. La mère a dû s'en occuper les premiers jours avant de disparaître mystérieusement. Elle a eu le temps de lui donner les armes et les forces pour lutter quelques temps seul et Hope est arrivée juste à temps. Pendant quelques jours on va le nourrir très régulièrement, l'habituer aux biberons. Le vétérinaire, Paul, a demandé à Lyor ce qu'elle voulait faire si le petit s'en remettait. Elle a répondu comme une évidence qu'elle le garderait avec elle. Il lui a alors conseillé de passer une fois par jour pour apprendre les bons gestes. C'est un homme doux et sage, qui ne manque pas d'humour. C'est parfois difficile de le conserver lui a-t-il confié un jour où elle venait faire vacciner Hardie. En presque quarante ans de métier au côté des animaux, il en a vu passer des bêtes qui souffraient à cause des hommes. Heureusement il en voit davantage qui sont sauvées par d'autres. Il a une affection particulière pour Hardie, cette chatte c'est Lara Croft a-t-il dit une fois. Malgré son âge qui avance, elle reste solide, combattante, volontaire et toujours aussi curieuse.

Lyor a passé une bonne partie de l'après-midi au cabinet vétérinaire. Elle a eu tout le temps de commencer à anticiper le retour de Solace chez elle mais celui-ci dépendra surtout de l'attitude de Hardie.

—Elle est imprévisible cette guerrière, a prévenu Paul. Elle le prendra sous sa protection ou elle le chassera sans scrupules, impossible de pronostiquer ses réactions. Quelqu'un d'autre que vous pourrait-il recueillir le chaton si cela tourne mal avec elle ?

Elle a pensé à Hope et à Titus. Elle n'en sait rien. Noam ne pourra pas. Il a déjà un chien et il passe toute sa vie au travail. Il ne pourra pas s'occuper d'un nouveau-né plusieurs fois par jour. Elle demandera à Emma. Mais elle aimerait que Hardie fasse preuve de collaboration et accueille ce nouvel hôte sans agressivité.

La cour s'est vidée. Le fourgon de déménagement est parti. Avant qu'elle se gare à l'endroit habituel, il n'y avait sur le gravier blanc que la voiture d'Emma et celle de son nouveau voisin. La lumière baisse vite mais elle baigne encore les trois bâtiments de couleurs chaudes et rassurantes. Elle est toujours dans la voiture quand Hope vient la sortir de sa contemplation vespérale.

—Alors ? Il a dit quoi le docteur ? Il est où Solace ? Il est dans ta voiture ? Je le vois pas, pourquoi tu l'as pas rapporté avec toi ? Il est malade ? Il est pas mort quand même ? Papa m'a dit qu'il pouvait mourir, même bébé ? Je lui ai dit que je pensais pas, je suis sûre qu'on l'a sauvé, je pense qu'il va bien aller maintenant, t'es d'accord toi aussi avec ça ? Il est où alors ?

Lyor lève la tête attirée par une forme derrière la petite fille. La silhouette de Titus se dessine dans l'encadrement de sa porte. Il n'en bouge pas. Il observe la scène. Comme s'il avait été empêché de s'avancer. Elle pense que Hope lui a demandé de rester à l'écart, elle voulait poser ses questions toute seule, elle en mettrait sa main au feu. Elle met fin au supplice de l'enfant.

—Pour l'instant il va bien. Le docteur a dit que tu avais choisi le meilleur nom qui soit et il te remercie. Solace avait un peu froid alors il lui met de la lumière chaude tout autour de lui pour l'aider à reprendre des forces. Il va lui apprendre à manger tout doucement, et si tout va bien, la semaine prochaine, il pourra sortir de la clinique vétérinaire.

—Il pourra venir chez nous ?

Elle botte en touche. Cette question est prématurée.

—Faudra en parler avec ton papa. S'il est d'accord vous pourrez aller le voir là-bas la semaine prochaine, c'est déjà bien non ?

La petite a détalé vers la maison. Elle revient avec son père sur les talons.

—Il est d'accord. Hein t'es d'accord t'as dit ? demande-t-elle en se retournant vers son père.

Il y a un blanc. Elle se penche dans sa voiture pour prendre le sac qu'elle a laissé posé sur la banquette arrière. Quand elle claque la portière, ils sont toujours là tous les deux, bien droits, plantés sur le gravier, silencieux. Il se passe encore quelques secondes blanches, puis Titus prend la parole :

—Hope me supplie de vous inviter à manger. Nous n'avons pas grand-chose mais si un sandwich pain de mie beurre et cornichon fait partie de vos plats préférés, sachez que la maison a cette spécialité à la carte ce soir.

Lyor se rend compte des efforts d'amabilité qu'il déploie pour faire preuve de courtoisie tout en répondant aux désirs de sa fille. Elle a quand même fait connaissance avec lui en lui roulant sur les pieds avec son caddie et elle a enchaîné en voulant le chasser de l'appartement dans lequel il n'avait pas encore emménagé. Il serait avisé de sa part de ne pas poursuivre par une impolitesse. Elle évalue la proposition tout en sondant son envie sincère. Oui, elle brûle de découvrir l'ancienne grange dans laquelle son père a passé toute son enfance, de regarder par la fenêtre pour que se révèle à elle enfin la vue qu'il lui a tant de fois décrite. Les yeux de Hope sont terriblement accrocheurs. Elle lui rappelle l'enthousiaste enfant qu'elle-même a été. Elle jette un œil à la longère d'Emma. Elle ne voudrait pas encore différer la résolution qu'elle a prise de lui parler. Il y a de la lumière derrière les fenêtres et le véhicule du mari s'est volatilisé. Elle décide d'écouter ce que son instinct lui dicte.

—J'ai quelque chose à faire d'important mais je goûterais avec grand plaisir cette spécialité au pain de mie.

Hope saute et tape des mains, comme le ferait un personnage de dessin animé avant de s'enfuir vers leur maison. On pourrait croire qu'elle a une tonne de préparatifs à finaliser en perspective de ce dîner. Lyor remonte chez elle. Elle promet de redescendre pas trop tard. Elle serait bien allée frapper à la porte d'Emma directement mais elle n'a pas envie que Titus la voit, cela ne regarde qu'elle. Elle veut aussi récupérer quelque chose là-haut, un objet parmi trois autres qu'elle a rapportés ici, pour l'occasion qui est sur le point de se réaliser.

La boîte est calée tout en haut de l'unique étagère du coin chambre. Lyor a peu d'affaires. Chaque achat est soigneusement pesé, son utilité méticuleusement évaluée. Il est rare qu'elle jette sauf si elle y est contrainte, elle entretient ses vêtements et objets avec soin, son souci de ne pas gaspiller est grand. Elle possède peu, tout l'encombre assez vite. Cette boîte en revanche recèle ce qu'elle a de plus précieux. Quelques photos, les boucles d'oreille de sa sœur, deux foulards qu'elle adorait porter, un vieux CD qu'elles ont usé à force de l'écouter mais qui faisait rire et briller les yeux de Lory, deux films de Charlie Chaplin, et les cahiers. Trois cahiers que son père lui a confiés la semaine qui a précédé sa disparition. Des pages qu'il a noircies de souvenirs et d'anecdotes écrites à la main, de photos prises avec son antique appareil argentique et qu'il avait toutes lui-même développées, des tickets de tombola, des dessins au fusain, à l'aquarelle, au crayon de papier ou au stylo bille, tous aussi fins, poétiques et réalistes à la fois, quelques notes de musique couchées sur des extraits de partitions, inventées ou reproduites, des pétales de fleurs séchées, quelques feuilles. Un cahier bleu, un jaune, un vert. Trois cahiers pour chacune de ses trois filles, avec les noms dessinés plus qu'écrits sur leurs couvertures : Flor, Lory, Emma.

Malgré ses précautions, elle a tellement tourné les pages de celui de Lory qu'il lui semble qu'elles sont devenues plus fines et fragiles que par le passé. Son père a davantage écrit dans celui-ci. Comme si chaque progrès, chaque effort de Lory méritait d'être encouragé aussi ici. La comparaison entre son développement et celui de sa jumelle tant aimée n'a pas dû être simple pour lui. Aux mêmes époques il retrace les premiers pas de l'une et la tête qui se tient tout juste seule pour l'autre. Plus tard il souligne la précocité des apprentissages de la lecture pour Flor, et couche en même temps la sentence des médecins sur l'impossible acquisition du langage de Lory et la difficulté à évaluer son seuil de compréhension. Elle et sa sœur étaient nées avec le même patrimoine, mais l'accident de la naissance avait dévié les trajectoires de leurs vies de manière radicale, l'un des dés s'était brisé dès le premier lancer. L'impuissance du père devant l'injustice du handicap de Lory est criante dans certaines pages, mais elle est moins palpable que l'amour et l'admiration qui débordent dans toutes les lignes et qu'il a écrits, dessinés, photographiés, sous toutes les formes possibles. Elle ne soulève pas la couverture. Elle connaît le contenu par cœur. Elle le visualise rien qu'en regardant la page de garde et ce drôle de petit symbole qu'il a ajouté dans les angles de chacun des trois cahiers. Elle a reconnu ce dessin dans l'angle des illustrations qui sont au mur dans le salon d'Emma. Un petit mystère qu'elle n'a pas eu de mal à percer.

Le dernier cahier est presque intact. Elle n'a vu que quelques pages. Celles qu'il a voulu lui montrer. Les autres devaient attendre son retour. Il avait tout préparé pour cette rencontre entre elle et Emma. Les cahiers faisaient partie du scénario. Elle a respecté son souhait et n'a pas poursuivi la découverte des pages suivantes sans lui.

Elle regarde sa montre. Encore un objet qui traverse les années. Grâce à un horloger passionné et pédagogue, elle a appris à réparer ses petits maux, à libérer la tige pour récupérer le mouvement, à protéger le cadran, à chasser les aiguilles sans les bousculer, à observer ce qui n'allait pas dans la mécanique, à poser un diagnostic, et bien souvent à la remettre en marche. C'est la montre de son père, qui la tenait lui-même de son grand-père, celui qui a vécu entre ces murs quelques cinquante ans plus tôt. Un cadeau qui lui a été fait le jour de sa communion, il y a une éternité. On lui en a déjà proposé une fortune mais elle n'a pas de prix, c'est son bien le plus précieux.

Il est dix-huit heures. Elle prend les trois cahiers et descend chez Emma. Elle sait que sa visite va la surprendre. Avant cette semaine elles n'avaient fait que se saluer et répondre à leurs politesses respectives quand elles se croisaient dans la cour. Mais il n'y a pas de bonne manière de s'y prendre, il faut qu'elle se lance.

Elle lui ouvre la porte avant même qu'elle ait frappé, étonnée de la trouver là.

—Ah Lyor ! Pardon, j'allais chercher du bois, vous m'avez surprise. Entrez, entrez, je reviens dans une minute je n'ai plus une seule bûche et je commence à avoir froid le soir, pas vous ?

Elle pense qu'elle a parlé sans attendre de réponse, mais ce n'est pas le cas. Emma l'observe, réellement soucieuse vraisemblablement des températures qui règnent sous les toits.

—Ah non ça va, il fait très bon. Bonne isolation sans doute ?

—Ça ! J'espère bien si vous saviez ! Tant mieux en tout cas ! Mettez-vous à l'intérieur, j'arrive.

Il ne fait pas si froid. Lyor apprécie même la fraîcheur de la pièce. Les murs sont épais, la maison doit être longue à chauffer et pourtant à l'étage elle baigne toujours dans une atmosphère constante, grâce sans doute aux velux à travers lesquels le soleil rentre, et aux tuyaux d'eau chaude qui traversent toute la pièce et alimentent deux radiateurs sur leur parcours. Quand Emma fait du feu, Lyor a même un peu trop chaud à l'étage, elle coupe le chauffage et elle ouvre les fenêtres.

Elle s'installe sur le fauteuil qui fait face à la cheminée, les trois cahiers sagement posés sur ses genoux. Elle n'a rien préparé, les mots sortiront comme ils voudront. Elle s'enfonce dans le tableau le plus proche, encadré à droite de la hotte. Encore cet arbre, encore cette fenêtre, et ce symbole toujours, qui la renvoie à l'affection qu'il leur portait. Est-ce qu'il appelait Emma ainsi également ? Est-ce qu'elle va déjà pouvoir lui poser les questions qui brûlent ses lèvres et encombrent son cerveau depuis toutes ces années ? Peut-être est-ce le contraire qui va se passer. Il n'y en a qu'une qui importe vraiment, mais c'est sans doute la dernière qu'elle pourra lui poser. Elle sait qu'il faut qu'elle soit prudente avec les étapes, elle a tellement attendu, le risque principal c'est la précipitation désormais.

Emma est revenue et tandis que Lyor navigue encore dans les images du passé, les flammes sont déjà vives dans l'âtre.

—Vous étiez perdue dans vos pensées ?

Elle s'assied dans le fauteuil à côté du sien. Malgré la chaleur qui irradie déjà, elle recouvre ses jambes de la couverture qui était posée à côté. Elle regarde les flammes, ferme les yeux, on dirait qu'elle va s'endormir. Lyor ne fuit pas, malgré toutes les excuses qui lui viennent en tête.

—Je suis venue vous parler de Noël.

Emma a rouvert les yeux et se tourne, intriguée, vers elle.

—Noël ? Noël Carpentier ?

—Oui.

Lyor guette les mots qu'elle s'attendait à voir surgir spontanément. Ils ne viennent pas. Elle est obligée d'aller les chercher un peu loin. La première réaction d'Emma la paralyse un peu. Après avoir réagi au nom de son père en se tournant vers elle tout en se redressant légèrement, elle s'est rassise tout au fond du fauteuil et ses yeux sont repartis danser dans les flammes de la cheminée.

—C'est étrange de venir vous parler après tous ces mois. Je ne sais pas si c'est parce que je n'ai jamais trouvé les mots, ou si c'est plutôt le courage qui m'a manqué. C'était peut-être juste une question d'occasion…

Elle parle vite. Elle se dépêche parce qu'elle sent que ce qu'elle veut dire est beaucoup trop dense pour les mots dont elle dispose, le langage n'arrivera pas à décrire avec précision ses angoisses, ses regrets, ses envies. Et puis ce problème de décalage qui arrive au pire moment. Lyor est rarement dans le bon tempo. Elle voudrait être pleinement dans l'instant à profiter de la chaleur de la cheminée et de cette rencontre avec Emma qu'elle a tellement attendue, mais à la place, elle se voit parler, elle est déjà dans le moment d'après, à décortiquer chacune de ses phrases, à déjà se reprocher sa manière de s'y être prise. Elle essaie de faire le ménage dans tout cela, se concentre pour oublier le détail qui vient de lui sauter aux yeux et qui prend toute la place, cette boucle d'oreille qu'Emma porte à gauche, différente de la droite, est-ce volontaire ou la marque d'une inattention matinale ? Elle se lève et se rassied, quelquefois se mettre en mouvement recale ses idées. Emma, elle, n'a pas bougé d'un centimètre. Elle essaie de reprendre le fil où elle l'avait laissé :

—J'étais sur ses traces quand je suis arrivée ici. J'ai tout de suite reconnu les descriptions qu'il m'avait faites des couleurs, des odeurs, et même du vent. Et puis vous étiez là. C'est un peu vous que j'étais venue chercher aussi.

Emma ne dit rien. Elle écoute mais elle ne manifeste pas la curiosité ou l'étonnement que Lyor s'attendait à provoquer. Elle lâche les mots si longtemps emprisonnés.

—C'était mon père. Noël.

Cette fois Emma penche la tête, interloquée, elle fronce un peu les sourcils, replonge vers le feu, puis revient vers Lyor. Elle ne dit rien puis elle se lève. Elle va vers la fenêtre, tourne le dos à Lyor.

—Noël… Cela semble déjà faire une éternité… Trois ans c'est cela ? Oui c'est cela. Dans trois jours.

Elle revient vers la cheminée, laisse du silence entre chaque phrase, se rassied, revient vers Lyor.

—Je suis un peu perdue. Je ne vois pas pourquoi vous avez attendu aussi longtemps pour me dire qui vous étiez… Il a passé tellement de temps ici. Enfin, pas exactement ici, pas quand je l'ai connu. J'habitais un peu plus haut avec ma mère à l'époque, nous avions une vue plongeante sur la ferme, c'était beau mais pas autant qu'ici.

Elle semble partie dans ses souvenirs, sourit puis redevient grave avant de poursuivre :

—J'ai bien connu Lory. Elle est venue ici à plusieurs reprises. Elle aimait beaucoup la campagne. Il nous a parlé de Flor également, cent fois il a dit qu'il allait l'amener ici elle aussi, mais votre nom, vraiment, c'était la première fois que je l'entendais quand vous vous êtes présentée.

—Lory était ma jumelle. Je suis Flor. Quand elle nous a quittés j'ai conservé les lettres de son prénom pour changer le mien.

Emma réagit cette fois. Comme si ce qu'elle voulait dire s'était arrêté sur ses lèvres, sa bouche reste entrouverte et elle est parfaitement immobile. Statufiée. Elle met fin à cette paralysie en inspirant profondément, les mots sortent alors :

—Je suis désolée pour vous. Votre sœur puis votre père. Vous êtes si jeune. La vie n'est pas tendre avec vous. Noël était un homme merveilleux, bon, joyeux et généreux. Et Lory… C'était une jeune fille éclatante. Sa joie était contagieuse.

Le sourire d'Emma s'élargit :

—Nous avons beaucoup ri toutes les deux, elle avait la moquerie facile et un grand sens de l'ironie. Je l'ai surtout connue petite fille, nous avons passé des après-midis sur la table de ferme de ma mère à faire des gâteaux, à inventer des recettes. Je l'ai vue plus tard aussi, elle devenait une jeune femme, elle avait l'air plus préoccupé mais elle avait gardé cette faim incroyable pour la vie… et pour les crêpes… Je comprends maintenant… Votre mèche blanche, vos yeux vairons… J'avais déjà vu cela quelque part. Et maintenant que vous me dites qui vous êtes, la ressemblance est en effet frappante, vous avez ce même regard profond et brillant, c'est incroyable que je ne l'ai pas remarqué avant…

Elle s'arrête un peu et puis reprend, plus bas :

—Votre père s'est effondré quand elle est décédée. Il a changé à partir de ce moment-là. Mais vous le savez mieux que moi…

Lyor visualise presque les émotions qui traversent tout le corps de la femme. Elle est très émue. Elle semble rentrer dans les mots qu'elle prononce et s'engouffrer dans les souvenirs en même temps, instantanément. Sa sincérité est entière, elle est comme étranglée par une empathie qui la dépasse. Sa manière de parler de Lory la touche elle-même beaucoup. Elle semble avoir vu sa sœur telle qu'elle était vraiment, sans toutes ces couches qui polluaient en général l'image que les gens se faisaient d'elle. On voit bien que ses souvenirs premiers n'ont rien à voir avec son fauteuil, la têtière qui maintenait son cou, les attelles qui tenaient ses bras, ses mouvements incontrôlés, son incapacité à parler ou son rire étranglé… Non, elle a vu ses yeux, sa joie, sa curiosité, le plaisir qu'elle avait à partager des expériences, à découvrir de nouvelles sensations, son sens de l'humour…

Mais il y a autre chose qui transparaît du discours d'Emma. Elle ne sait pas. Noël et sa mère ne lui ont pas dit, et ça, Lyor ne s'y attendait pas.

—Vous avez apporté des photos je vois ?

Elle regarde les trois cahiers. Elle est à une intersection déterminante.

—Ce sont ses cahiers. Ceux qu'il a écrits pour nous. Toute notre enfance est dedans. Un pour chaque fille. Il voulait qu'on les regarde ensemble, ici.

Emma a repris des couleurs. Elle poursuit d'une voix un peu plus légère

—Mais il y a trois cahiers sur vos genoux ?

—Oui. Un pour chacune de ses trois filles.

—Vous m'avez perdue à nouveau…

Plus les secondes passent et plus la certitude s'ancre chez Lyor qu'Emma ignore que Noël était son père. Elle n'avait pas envisagé cette hypothèse. Elle l'avait tout simplement exclue de ses schémas. Elle fouille rapidement dans sa mémoire, retrouve la conversation qu'elle a eue avec Noël quand ils ont parlé d'Emma. Rien ne remonte qui infirme cette conclusion. Elle n'a pas posé la question. Il n'a pas donné cette information. Encore un secret se dit-elle, et cette fois c'est à elle de décider ce qu'elle doit en faire. Emma ne la laisse pas réfléchir, elle la ramène au présent en relançant la conversation :

—Quelque chose m'échappe. Noël a beaucoup compté dans ma vie, encore plus dans celle de ma mère à vrai dire, mais pourquoi teniez-vous tant à me rencontrer ? Je peux imaginer que vous puissiez avoir envie de suivre les traces de sa jeunesse, mais qu'est-ce que j'ai à faire là-dedans ?

Elle se voit attraper les cahiers et les lui tendre, comme si elle était un personnage extérieur, observatrice de la scène. C'est une bien petite pile, innocente en apparence, qui recèle des histoires qui les dépassent toutes les deux. Emma les saisit. Elle regarde la première couverture, celle où le nom de Lory est dessiné. Elle lance un coup d'œil aux toiles sur le mur, le symbole dans l'angle du cahier ne lui a pas échappé. Elle pose l'objet sur la table basse et passe au suivant. Elle lit le nom de Flor, elle semble résister à l'envie de l'ouvrir mais l'installe finalement à côté du premier. La troisième couverture apparaît.

—C'est une très mauvaise plaisanterie.

—C'est le dernier sujet sur lequel j'ai envie de plaisanter je vous assure, répond Lyor de sa voix la plus douce.

—Vous êtes en train de sous-entendre que Noël Carpentier était mon père ?

—Je ne le sous-entends pas. Je vous le dis. Je ne savais pas que vous l'ignoriez vous-même.

—C'est impossible.

—Pourquoi ça ?

—Parce qu'on ne cache pas une chose pareille pendant plus de quarante ans.

Il n'y a rien à répondre à cela. Lyor se lève.

—Je vais vous laisser. Vous pouvez garder le cahier.

—Je n'en veux pas, reprenez-le.

—Il est à vous. Il vous revient. C'est ce qu'il voulait.

—C'est bien facile. Maintenant que ma mère et lui sont morts, plus personne ne peut vous contredire.

Lyor a conscience qu'elle vient de dégoupiller une grenade dans le douillet salon d'Emma. Il est inutile d'avoir une conversation avec elle à ce stade des choses et vain d'essayer de la convaincre. Sa colère est de surface, elle sent la surprise et le désarroi qui sont en train de l'étrangler. Elle ne peut rien faire pour elle, elle refusera tout rapprochement ce soir. Elle a déjà la main sur la porte, pressée désormais de se retrouver dehors.

—Je ne voulais pas vous faire de la peine. Je pensais que vous saviez. Je ne comprenais pas pourquoi vous ne cherchiez pas à me rencontrer. Je ne sais pas pourquoi il vous a caché cela. Il s'était bien gardé de m'en parler également, je l'ai appris par accident, enfin je crois, à la mort de Lory... Et puis quel intérêt est-ce que j'aurais à inventer une histoire pareille ?

Emma s'est rapprochée d'elle. Les réflexes de politesse tatoués dans les bonnes manières. Lyor vient de l'assommer mais elle la raccompagne quand même. Elle lui tend les cahiers. Il n'y en a que deux. Le troisième est resté sur la table. Elle ne dit rien mais ses yeux expriment beaucoup. Beaucoup trop de choses pour ce moment que Lyor avait imaginé comme étrange mais heureux quand même. Elle reprend les cahiers, la remercie du regard, hésite à dire l'information qui manque encore à Emma.

—Je suis venue vous trouver aussi parce que je ne suis pas certaine qu'il soit mort. Je pensais que vous étiez la meilleure personne pour m'aider à chercher.

Emma baisse légèrement la tête, ses épaules semblent lourdes, une immense fatigue semble s'être emparée d'elle.

—Noël Carpentier est bien mort Lyor. Et je n'étais ni sa fille ni votre seconde sœur cachée. Je suis désolée.

Elle n'insiste pas, elle sait reconnaître un regard déterminé. Elle ressort avec plus de questions que quand elle est rentrée quelques minutes plus tôt mais laisse Emma en paix.

12

Tout semble aller au ralenti pour Emma. Elle attend que la silhouette se fonde dans la pénombre avant de regagner son fauteuil près de la cheminée. Elle ne sait pas quoi faire. Elle a le choix entre ignorer ce qu'elle vient d'entendre, considérer les propos de Lyor comme relevant de la pure imagination ou du fantasme, ou bien envisager, aussi invraisemblable et improbable que cela lui paraisse, qu'elle puisse avoir raison. Elle n'est disposée pour l'heure qu'à la première solution. Elle aspire à retrouver l'état dans lequel elle était juste avant d'entendre parler de ces cahiers. Faire un feu, mettre les noisettes en cagettes ajourées près de la cheminée pour les aider à sécher, rappeler Sophie, se préparer une soupe, envoyer des messages à ses fils, faire la liste des courses, ranger son linge, finir son roman, prendre un bain, faire ses comptes… Elle avait l'embarras du choix.

Éric n'est pas rentré, elle n'a pas de nouvelles mais cela glisse sur elle. Elle s'en félicite. Elle n'a pas besoin de tout ce que sa présence dans les murs remue en plus du reste. Elle allume les enceintes, lance une liste de chansons parmi les plus gaies qu'elle s'est confectionnées, allume les lampes qu'elle a choisies avec minutie et patience au gré de ses explorations dans les brocantes de la région. Elle aurait envie d'une soirée à danser sans parler, à écouter ses amies raconter les aventures de leurs vies, à ne surtout pas penser… Elle s'immobilise au milieu du salon. Quel risque court-elle à essayer ? Elle a cinquante ans, elle ne travaille pas le lendemain, elle vit seule, ses deux meilleures amies ne sont jamais qu'à deux petites heures de route et il n'est pas encore dix-neuf heures. Elle prend son téléphone en s'obligeant à ne pas trop réfléchir à ce qu'elle est en train de faire. Sophie décroche au bout d'une seule sonnerie.

—C'est Emma.

—Je sais que c'est toi ma chérie. Ça va ?

—Oui.

—Drôle de oui. Drôle de voix.

—Éric a débarqué chez moi pour se consoler d'une peine de cœur.

—…

—Ma locataire sort à l'instant après m'avoir dit qu'elle était convaincue que Noël Carpentier était mon père…

—…

—Je me demandais si je pouvais débarquer en ville, t'inviter au restau et t'écouter me raconter toutes les âneries qui te passeront par la tête ?

—Tu rigoles c'est moi qui t'invite ! Tu as prévenu Jeanne ?

—Le dimanche c'est soirée sans téléphone pour elle, je ne veux pas la déranger. Les jeunes mariés tout ça…

—Je m'en occupe. C'est une urgence. Prend de quoi dormir, la chambre d'amis est prête, et appelle quand tu es en ville, je nous trouve un lieu à la hauteur de la soirée.

Sophie ne la laisse pas répondre, elle a déjà raccroché. Emma n'a plus que le silence au bout de la ligne. Elle envoie un SMS à Éric, lui dit où sont les clés, monte chercher le strict nécessaire pour la soirée et la nuit, enfourne quand même quelques poignées de noisettes dans une poche en tissu, Sophie et Jeanne raffolent des noisettes fraîches. Quand c'est fait, elle sort, tout est en place pour que cette semaine se termine bien.

Elle aime conduire. Elle aime la nuit. Les routes sont dégagées. Cette sensation de liberté est grisante. Elle s'ajoute à l'excitation de voir ses précieuses amies et contribue à apaiser son humeur. Elle retrouve un peu la sérénité qu'elle a longtemps travaillé à faire venir et dont elle aime être entourée. Elle peut laisser venir à elle les souvenirs de son enfance et de sa jeunesse sans avoir la gorge nouée comme tout à l'heure. Elle revoit Noël arriver pour une soirée ou pour un après-midi, quelques rares fois pour un week-end. Il était l'ami d'enfance de sa mère, ils avaient grandi ensemble. Les grands-parents d'Emma louaient aux parents de

Noël la bâtisse dans laquelle elle habite désormais. Il était le fils des jeunes agriculteurs, ils avaient tous les deux le même âge, allaient à l'école ensemble, en vélo, traînaient au retour, s'inventaient des vies aventurières lointaines. Ces histoires elle les a entendues des dizaines de fois. Des histoires de camarades, qui traduisaient une complicité entre eux depuis toujours, mais jamais elle n'a perçu ce qui aurait pu trahir un sentiment amoureux. Elle reconnaît qu'elle était sans doute la plus mal placée pour reconnaître ce genre de chose… Noël était marié, il ne s'en cachait pas, mais il préférait venir sans sa femme et jamais Emma n'avait trouvé cela étrange. Ils étaient lui et sa mère de vieux amis qui aimaient se voir régulièrement. Quant à l'identité de son père, Emma n'a jamais cherché plus loin que les explications que sa mère lui avait données. Elle trouvait l'histoire triste mais belle, romantique et cruelle à la fois. Par la suite Noël était devenu père, tard, pour l'époque surtout. Il avait plus de quarante ans quand il avait annoncé la naissance à venir des jumelles. Il y avait eu quelques années où il n'avait pas réapparu, pas à la connaissance d'Emma en tout cas. Et puis un jour il était revenu. C'était peu de temps avant qu'elle-même ne quitte le foyer maternel. Elle avait vingt-trois ans. Elle venait de se résoudre à voler de ses propres ailes, en luttant contre la culpabilité de laisser sa mère toute seule. Elle avait fait la connaissance d'une des jumelles, Lory, une rencontre émouvante. Impressionnante au premier abord, mais la glace avait vite fondu. La gamine avait cinq ans, elle n'était que sourires et curiosité. Un esprit libre et impétueux enfermé dans un petit corps malmené dès le début. Noël avait prononcé une panoplie de mots associée aux déficiences sensorielles, motrices et intellectuelles qu'elle subissait. Un éventail de sources d'inquiétudes que les traits marqués du visage de son père trahissaient. Lory semblait se moquer complètement de ses handicaps qui se surajoutaient les uns aux autres. Emma était revenue ensuite à chacune des visites de Noël avec Lory. Elle avait appris à mieux la connaitre. Elle aura bien l'occasion de parler de tout cela à Lyor, ou Flor, elle ne sait plus comment l'appeler maintenant. Quel que soit le lien qui l'unissait à Noël, sa rencontre avec Lory a été une pépite qu'elle prendra le temps de partager plus longuement avec sa jumelle. Elle lui racontera aussi combien sa sœur a influencé ses choix de vie sans le savoir, et comme elle remercie souvent la vie de l'avoir mise sur son chemin.

Elle éteint la musique. Les souvenirs qui remontent dans l'obscurité conjugués aux mélodies classiques font remonter les émotions et elle en a assez. Elle aimerait être plus imperméable quelquefois. Les montagnes russes sont fatigantes, elle n'est plus habituée. Elle finit la route dans le silence et parvient à chasser les pensées trop encombrantes.

Elle a droit à un comité d'accueil digne de retrouvailles. Elles essaient de se voir une fois tous les deux ou trois mois, mais dans les faits elles se parlent surtout par téléphone ou par mail. Elles ont réservé « leur » restaurant. Comme les couples qui ont leurs lieux fétiches, écrins de leurs meilleurs souvenirs, les trois amies ont célébré autour de ces tables tous les évènements qui ont compté pour elles depuis plus de vingt ans. Sophie et Jeanne ont été convaincantes car elles ont réussi à obtenir la table du fond, celle qui donne sous la verrière fleurie, belle de jour comme de nuit, isolée des autres. Quand Emma entre dans la pièce elles se lèvent toutes les deux et l'accueillent comme si elles ne s'étaient pas vues depuis des années ou qu'elle venait de remporter un trophée.

—Mais la voila ! Notre exilée !

Elles se serrent longuement dans les bras, Emma mesure combien elle avait envie de ce moment. Sur la table qui les attend sont posées leurs tapas préférés. Elles ne sont plus à la carte depuis un moment mais leur fidélité leur ouvre droit à quelques privilèges.

—Tu restes quelques jours ? Demande Sophie.

—Je repars demain. Vous êtes vraiment incroyables toutes les deux, merci pour tout ça.

—*Emma-merci-merci*. On sait on sait. On est extras, mais toi aussi, allez, prend ton verre et trinque avec nous !

Elles se connaissent depuis qu'elles ont vingt-cinq ans à peu près, elles se ressemblent et sont pourtant très différentes. Elles se rejoignent sur le regard qu'elles portent sur la vie et sur les gens, compréhension, tolérance, indulgence, respect. Jamais elle n'a entendu ses amies être désobligeantes envers qui que ce soit. Elles sont incapables de blesser même par mégarde et ne rejettent jamais la faute sur autrui. Elles ont toutes les deux un caractère bien trempé et une volonté de fer dans bien des domaines, mais elles n'en usent jamais contre ceux qu'elles côtoient. Emma se dit souvent qu'elle a beaucoup de chance de les connaître. Elles lui font un résumé des dernières semaines, les projets professionnels en cours, les envies de partir, les nouvelles des proches, et comme si elles s'étaient concertées, s'arrêtent en chœur au moment du dessert.

—Et bien quoi ? Ne me dites pas que vous avez déjà fini ?

—Tu pars demain. Et Jeanne ne dort pas à la maison ce soir !

—Vous voulez que je vous raconte un peu c'est ça ?

—On a envie de t'entendre oui. Si tu commences à ne pas suivre la règle d'or, où part le monde ? Ajoute Sophie.

—Ne jamais laisser un souci trotter dans la tête sans s'en parler toutes les trois ?

—Voilà ! Tu vois Jeanne, au moins l'air de la campagne ne l'a pas rendue amnésique. Si elle nous oublie nous, elle se rappelle de quelques bricoles quand même.

C'est leur plaisanterie récurrente, une façon de se dire qu'elles s'aiment et qu'Emma leur manque.

—Vous avez raison. Ce n'est pas agréable de penser à tout cela, mais ça me fera du bien de mettre des mots et je suis sûre que vous serez de bons conseils.

—Avec les desserts, pour faire passer l'amertume, ce n'est pas parfait ça ?

—Si. Absolument.

Pendant qu'elle racontait, son portable a émis plusieurs signaux sonores. C'était Éric, comme s'il avait deviné qu'elle était en train de parler de son arrivée à la ferme. Il n'a pas laissé de messages. Elle a mis un mot en évidence sur la table, par courtoisie, pour lui dire qu'elle serait de retour le lendemain. Les filles ont levé les yeux au ciel quand elle a raconté, elles en restent aux faits, ne portent pas de jugement comme à leur habitude, mais soulèvent toutes les incohérences de l'attitude de l'ex-mari d'Emma. Le deuxième sujet les rend plus sceptiques. Elles ont bien connu Noël Carpentier aussi, Emma l'avait invité à quelques anniversaires des garçons, et avant tout cela, elles l'avaient croisé quand elles s'arrêtaient dire bonjour à la mère d'Emma sur la route de la mer. Un homme qui leur avait fait une forte impression et sur lequel la possibilité du mensonge s'imprime mal. Elles s'inquiètent de la personnalité de sa jeune locataire, de son équilibre psychologique.

—Tu as beau être celle que tu es, tu vis quand même seule au milieu de nulle part.

Au sujet de Lyor elle les rassure. Si ce qu'elle a raconté au sujet de Noël Carpentier relève vraisemblablement de pures élucubrations, elle n'a pas menti sur sa gémellité avec Lory. Elle lui ressemble beaucoup. C'est extrêmement déstabilisant de voir l'adolescente et la jeune adulte qu'elle a connue sans les entraves corporelles et intellectuelles qui ont transformé sa vie à la naissance. Cette idée bouleverse Emma, elle préfère ne pas imaginer combien cela a dû être complexe pour Lyor/Flor.

—Sois prudente quand même. Ton empathie te joue facilement des tours et nous ne sommes plus là pour t'en mettre en garde ! Notre guimauve préférée !

—À propos d'être là, est ce que vous avez jeté un œil aux dates que je vous ai proposées pour la fête ?

Jeanne et Sophie se regardent, ennuyées.

—Pour tes cinquante ans ? Il faudra que tu nous en proposes d'autres je le crains, ce n'est pas de chance mais il y a toujours un truc de prévu pour l'une ou l'autre sur les trois week-end que tu as notés. Tu veux qu'on regarde ce soir ? Comme ça c'est calé ?

—Je n'ai pas pris mes plannings, mais je ferai ça la semaine prochaine. En attendant vous pouvez peut-être venir avec vos maris passer un week-end ? À l'automne la ferme est superbe.

Elles approuvent avec enthousiasme. La fin de soirée est plus légère que le début, elles se remémorent quelques souvenirs, font un détour par les choix et les décisions parfois très irrationnelles qu'elles ont pu faire ensemble ou séparément, plaisantent sur le temps qui passe et sur le décalage qui s'installe parfois avec les plus jeunes, en se maudissant de devenir les adultes qu'elles se promettaient de ne jamais être vingt ans plus tôt, un peu trop sages, un peu trop raisonnables.

13

Depuis une semaine Lyor passe trois fois par jour à la clinique. Même le vétérinaire lui dit qu'il est inutile de venir aussi souvent. Elle a intégré le message mais c'est plus fort qu'elle, elle ne sera tranquille que quand les jours de Solace ne seront plus en danger. Elle sait que la gamine et son père sont venus voir le chaton également. L'autre soir, après être sortie de chez Emma, elle est à peine restée quelques minutes chez eux. L'ambiance avait changé, elle a senti que ce n'était plus le moment, trop de silence, pas assez de lumière, elle n'était pas à l'aise, il y avait comme une tristesse infinie dans l'air. Elle s'est excusée sur une pirouette et ils n'ont pas essayé de la retenir. Elle a quand même jeté un coup d'œil à l'intérieur, furtif, sur le pas de la porte. Elle a eu le temps de voir que la fenêtre avait été bouchée. Une autre déception, un nouvel échec dans sa quête.

Elle arrive à la ferme. Emma est dehors, elle nettoie les bordures du parterre de fleurs. Elle a l'impression qu'elle l'évite depuis la dernière fois. Elle ne lui en veut pas, elle aurait sans doute réagi de la même façon, mais cette distance la rend plus sombre qu'elle ne voudrait. Elle avait beau avoir imaginé de dix manières différentes l'entrevue qu'elle a provoquée, dans aucune de ses versions l'indifférence et la froideur ne prenaient le pas sur tout le reste. Lyor sent le creux qui devient plus profond dans son ventre, le manque de sa sœur et celui de son père se font plus violents. Depuis que cette demi-sœur lui fait comprendre qu'elles ne seront jamais rien d'autre l'une pour l'autre que des voisines, elle sent que le sol se dérobe un peu sous ses pieds. Elle ne comptait pas retrouver l'intensité du lien qui s'est rompu brutalement avec Lory, loin s'en faut, elle était lucide, mais elle s'était dit qu'avec le temps, malgré la différence d'âge, Emma et elle auraient pu partager quelque chose qui ressemble à une amitié fraternelle, retrouver un peu de cette confiance absolue qu'il y avait entre elle et sa sœur. Cela ne fait que sept jours mais elle a compris qu'elle s'était lourdement trompée. Il va falloir qu'elle déménage, encore, pour tourner cette page-là le plus vite possible.

Elle ne voit la moto de Noam que quand elle arrive au bas de ses escaliers. Ce n'est pas bon signe qu'il soit là. En général il se montre quand il y a une urgence, Lyor déteste parler au téléphone et elle n'a confiance ni dans les mails ni dans les messageries. Elle vérifie mentalement son agenda mais elle est certaine qu'ils n'ont pas pris rendez-vous. Elle a repris les recherches autour de la disparition de son père, elle lui en a touché un mot la dernière fois et il n'a pas caché qu'il n'aimait pas cela. Lui non plus ne croit pas à la possibilité qu'il soit toujours en vie et qu'il se dissimule à tous, volontairement ou pas.

Ce n'est pas Noam qui l'attend assis sur les marches, mais un fantôme du passé. Un passé récent, avec lequel elle s'est fâchée il y a deux ans, quand elle a emménagé ici.

—Bonjour Naomie.

—Salut.

—Tu es venue avec Noam ?

—Non. Il m'a prêté sa moto. J'en crevais d'envie mais il m'a tendu les clés de son plein gré je te jure.

—C'est bon de te voir.

—Oui ? Tu ne vas pas continuer à me faire poireauter dans le froid alors ? Tu me fais visiter ton palace ?

—T'es pas habillée pour faire de la moto, ce n'est pas à cause de moi que tu as froid.

—Pas faux, mais ça ne m'empêche pas de me statufier là.

—Suis moi, c'est en haut de l'escalier.

Elle laisse Naomie étudier son environnement. Hardie ne la laisse pas explorer trop longtemps, la chatte a reconnu la complice des années parisiennes de sa maîtresse et elle n'a pas tardé à venir chercher les caresses dont elle a été prodigue toutes ces années.

—J'aime bien ton appartement. C'est tout toi.

—Je n'y suis pour rien. C'est Emma qui a aménagé les combles ainsi.

—Noam m'a dit que tu lui avais parlé. C'est bien.

Lyor tend un mug de lait fumant à Naomie. *Il n'y a que ça qui me réchauffe* lui disait-elle à l'époque.

—Tu aimes toujours ça ?

—Tu as mis du miel ?

—De lavande.

—T'es vraiment chiante à être un amour comme ça. Comment tu veux que je ne baisse pas la garde tout de suite ! Tu m'as trop manqué merde Lyor…

—Toi aussi. Tu le sais bien. Il t'a dit quoi d'autre Noam ?

Naomie prend une gorgée de lait et tient ensuite la tasse entre ses mains. Elle s'assied sur un gros coussin posé à même le sol. Elle ne répond pas à la question.

—J'ai posé quelques jours. Tout le monde te passe le bonjour. On me demande souvent de tes nouvelles.

Lyor avait achevé le financement de ses études en travaillant dans le restaurant où sévissait Naomie comme sommelière. Même diplômée, elle avait continué, jusqu'à son départ de Paris, en complément de ses premiers contrats, pour l'aspect économique mais pas uniquement. Lyor mettait une éternité à se laisser approcher, mais elle avait du mal à se détacher par la suite.

—Tout ça pour dire qu'on n'est pas obligé d'attaquer dans le dur la conversation dès ce soir. On peut profiter un peu, histoire de pas se re-fâcher tout de suite ?

Elle a ri en finissant sa phrase, ce rire clair qui est sa pièce d'identité à lui tout seul. Lyor sait qu'il y a pourtant un risque qu'elles s'affrontent sur le sujet de son père. C'est à coup sûr l'objet des inquiétudes de Noam. Elle retient une pensée un peu rancunière envers lui, pour avoir parlé dans son dos, et en même temps le remercie d'être à l'origine de la venue surprise de Naomie.

—Je ne vais intenter aucune action que tu pourrais juger comme déraisonnable ce soir, la rassure Lyor. Alors on peut profiter de la chaleur, du coucher de soleil, et tu peux me raconter ce qui s'est passé ces deux dernières années pour commencer. Comment va Solenne ?

—Elle veut qu'on se marie. Je ne suis pas hyper enthousiaste. Superstitieuse… quinze ans de concubinage sans problème, j'ai peur que ça gâche tout. Il y a sept ans j'avais déjoué sa première demande avec habileté mais là je n'ai plus de cartouche… Mais c'est plus fort que moi, j'ai peur que ça nous porte malheur.

—Si c'était moi qui disais ça, tu m'enverrais balader.

—Le jour où tu me diras que tu vis en couple avec quelqu'un depuis quinze ans n'est pas près d'arriver je pense !

Elles se réapproprient leur relation à coup d'ironie et de fausses confidences, mais c'est quand le silence revient et qu'elles se retrouvent face à face dans la lumière du soleil qui disparaît que les amies se retrouvent vraiment. Aucun mot n'est posé mais les retrouvailles sont acceptées de chaque côté.

Le lendemain Lyor se lève tôt et travaille toute la matinée. Naomie goûte au luxe de ne pas avoir de réveil et savoure une matinée à se reposer après avoir dormi tout son soûl. Peu avant le déjeuner Lyor prévient son amie qu'elle va prendre des nouvelles du chaton à la clinique.

—Je viens avec toi.

—Si tu veux.

Elles sont accueillies par l'assistant du vétérinaire dont la mine réjouie et le sourire laissent présager de bonnes nouvelles. Solace a commencé à reprendre du poids de manière régulière. Il n'est plus sous la couveuse depuis deux jours et son état ne s'est pas dégradé, il commence à bouger, il est prêt à partir. Lyor avait beau l'espérer depuis le début, elle a du mal à le croire. Elle ne prenait plus la peine de prendre la panière depuis quelques jours, se doutant qu'elle ne pourrait pas repartir avec le chaton chez elle. Elle est prise de court.

Un aller-retour plus tard, Solace est installé, blotti entre les plis de la couverture, posée avec précaution sur les genoux immobiles de Naomie sur le siège passager de la voiture. Lyor a récupéré l'indispensable pour les premiers jours et a pris l'engagement de revenir quarante-huit heures plus tard pour faire le point. Solace est plus vieux que ce que le vétérinaire a cru au premier abord, mais il n'a jamais que cinq semaines, c'est encore un chaton à la limite du sevrage.

L'installation et les premiers biberons à la ferme monopolisent entièrement l'après-midi. Hardie ne se montre pas, Lyor n'aime pas tellement cela, c'est inhabituel. Elle a laissé un mot dans la boîte aux lettres de Titus pour le prévenir du retour au bercail du petit protégé de la ferme. Ils se sont à peine croisés depuis l'épisode de la grange. Lyor ne voulait pas nourrir trop d'espoir quant au rétablissement du chaton et la visite qu'eux-mêmes avaient fait à la clinique n'avait pas dû être très rassurante.

Hardie montre le museau en fin d'après-midi. Le panier de Solace est posé près du radiateur, pas très loin du coussin sur lequel elle a l'habitude de paresser. Lyor et Naomie sont tendues vers elle, à guetter la moindre de ses réactions.

Elle feint tout d'abord de ne rien remarquer, agit comme si de rien n'était. Elle va se frotter contre les jambes de sa maîtresse, va quémander à manger, se rassasie, réclame quelques caresses à Naomie qui décide de prendre les choses à bras le corps.

—Allez filoute, on va arrêter la comédie là. On envie tous ta vue et ton odorat à l'âge canonique que tu atteins alors ne nous la fais pas à l'envers. Qu'est-ce que tu penses de cette petite bête-là ? Tu vas être sympa avec lui ou tu vas lui faire la vie ?

Hardie est autonome dans ses déplacements, il y a une chatière intégrée à la porte de l'appartement. Il faut qu'elle accepte Solace car il sera impossible de surveiller ses comportements vingt-quatre heures sur vingt-quatre, ou de les isoler l'un de l'autre.

Lyor observe la scène. Naomie a pris Hardie dans ses bras, la seule à pouvoir faire cela en dehors d'elle sans qu'elle s'échappe ou sorte ses griffes. Elle s'approche de Solace, elle s'accroupit sans lâcher la chatte et reste ainsi quelques secondes. Lyor est debout 2 mètres derrière, les bras croisés, les sourcils plus froncés que jamais. Hardie tourne la tête à l'opposé, feule, avant de sauter au sol.

—Lyor ?

—Oui ?

—J'imagine que tu as lu tout ce qui existe sur l'adoption précoce d'un chaton non sevré en présence d'un chat adulte déjà présent sur le territoire ? Qu'est-ce qu'on est en train de faire qui n'est pas écrit dans les dix commandements ?

Lyor ne bouge pas. Elle reste immobile au centre de la pièce, à observer son Hardie chalouper avec une indifférence ostentatoire à travers la pièce.

—À part le fait que c'est un chaton mâle et qu'elle est une femelle on ne fait pas grand-chose comme il faut…

Elle tente une approche vers la chatte avant qu'elle sorte. L'animal fait un pas de côté comme pour l'éviter. Elle lui en veut déjà. Solace lui n'a même pas ouvert les yeux. Il a été imperturbable face à la scène qui vient d'être jouée par la vedette féline.

Lyor jette un œil par la fenêtre, Hardie a passé la porte depuis quelques secondes, elle doit déjà avoir filé dans les champs comme à son habitude. Elle ne peut réprimer un fou rire libérateur qui balaie le temps de quelques respirations les soucis qu'elle envisage déjà devant la cohabitation à venir.

—Non mais regarde celle-ci ! Elle est restée sur les marches, elle boude !

Elle revient vers Naomie et s'assied à côté du panier :

—Les dix commandements tu disais ?

Elle soupire et poursuit en regardant le chaton endormi :

—Les installer chacun dans une pièce différente, sans contact visuel, habituer le premier à l'odeur du second en échangeant leur couverture, anticiper l'adoption bien sûr, y aller progressivement, attendre quelques jours avant de les présenter l'un à l'autre, ne surtout pas forcer le contact, cela peut prendre des semaines…

—Tu as tout faux en résumé ?

—Oui.

—C'est quoi le plan B ?

Elle hausse les épaules. Ne répond pas.

—Tu n'as pas envie de plan B j'ai bien compris, mais là, ce n'est pas possible… Tu n'as qu'une pièce, lui il est trop petit, il ne pourra pas se défendre si Hardie le cherche, elle pourra lui faire mal même si elle ne veut pas. Hardie tu vas lui gâcher la vie inutilement. Si elle avait deux ans et lui trois mois, tu pourrais le tenter, mais là franchement Lyor, ta chatte vient de partir à la retraite et tu lui mets un nourrisson dans les pattes ? Imagine quand il va bouger et sauter dans tous les sens et qu'elle voudra juste se poser toute la journée et avoir la paix ?

Lyor ne dit rien. Elle se concentre sur tout ce qu'il y a dans son champ de vision. Ça bouillonne dans sa tête, ça tambourine dans son cœur, ça se tortille dans son ventre. Elle tente une pirouette pour se sortir de là :

—Depuis quand tu n'es plus pour la cohabitation intergénérationnelle ? Je pensais que ça permettait de garder la santé ?

—Lyor… Tu as sauvé ce chaton d'une mort certaine c'est immense. Mais le garder avec toi… Tu te trompes de chemin il me semble.

—Je suis sur quel chemin là, tu crois ?

—Sur celui qui conduit à essayer de se pardonner des choses dont on n'est pas responsable en sauvant le monde.

—Absurde et non fondé.

—Lyor regarde-moi. C'est un chemin que tu connais bien rappelle-toi…

—C'est l'heure de la grande conversation ?

—Faut croire.

—On ne repart pas tout à fait du même endroit qu'il y a deux ans rassure-moi ?

Naomie est toujours en tailleur au sol. Elle attache ses lourds cheveux ondulés comme elle fait souvent quand elle rassemble les mots qu'elle veut choisir. Elle s'étire puis repose ses mains bien à plat de chaque côté de ses genoux et plante ses yeux dans ceux de son amie :

—À toi de me dire ?

Lyor se met en miroir, dans la même position qu'elle :

—Il y a deux ans j'étais en colère parce que je savais que mon père était vivant alors que tout le monde l'avait déjà enterré, enfin, façon de parler, et j'allais trouver la sœur qu'il m'avait cachée pour le chercher avec elle. Aujourd'hui je pense qu'il est probablement mort. Je veux juste vérifier quelques détails pour être sûre. Et si ça se confirme, lui dire au revoir comme il faut. Ça répond à ta question ? Tu vois les choses ont bien changé…

—Tu t'es réconciliée avec ta mère ? Tu t'es posée dans le travail ? Tu dors bien ? Tu es allée voir cette psy dont tu m'avais parlé ? Pour t'aider à canaliser tes pensées et apprendre à te reposer ? Tu as essayé la méditation ? Le pilate ? Le yoga ? Le jogging ? Le vélo ? La natation ? Faire la fête quelquefois ?

Tu arrives à parler aux gens en les regardant dans les yeux sans tout interpréter chez eux ? Tu passes toujours tout ton salaire dans des dons à cette association ? Tu as arrêté de teindre ta mèche pour ressembler à Lory ? Tu envisages de reprendre ton prénom ? Tu t'es réconciliée avec toi ?

—Non, oui mais ça ne va pas durer, une fois, deux fois, non, non, oui, non, non, non, quelquefois mais c'est dur, une grande partie j'ai un loyer et il faut que je mange quand même, tu vois bien que non, non, et je ne crois pas.

—Je te déteste quand tu fais ça. Vas-y balance, ça donne quoi ?

—64% de non, 14% de oui, 14% de « ne sait pas trop »…

—Ça fait 99%

—C'est le pourcentage de mauvaise foi tu vas dire.

Naomie devient plus sérieuse :

—Lyor, ton père n'est plus de ce monde, il est vraiment temps que tu commences ton deuil. Il n'est pas mort par ta faute et Lory non plus. Ton cerveau qui travaille trop vite n'est pas une maladie mais tu as besoin qu'on t'aide, ce n'est pas parce que tu as de grandes ressources que tu dois te sentir obligée de sauver le monde et le plus important… Tu es une fille vraiment, vraiment, super. Tu as le droit d'être heureuse.

—Toi non plus tu n'as pas changé grand-chose dans le discours.

—Comme ça le calcul est vite fait, je suis à 100% non ?

Lyor bascule en arrière et s'allonge à même le sol, les bras en croix. Elle s'accroche aux poutres par la pensée, passe de l'une à l'autre, essaie de chasser la tension dans tout son corps, ferme les yeux, visualise la plage où ils allaient se baigner avec ses parents et Lory, retire sa mère de la scène, la fait revenir et finalement se redresse comme un ressort sans explication.

—Pourquoi tu es là ? Vraiment ?

Naomie n'est pas surprise par la question, elle répond sans aucune hésitation :

—Noam est inquiet.

—Pourquoi ? Je lui ai dit que je restais, je ne vais pas abandonner Noor et lui encore moins, il le sait. Je travaille beaucoup, je fais ma part du boulot, je passe moins à la boîte mais c'est la seule chose qui a changé.

—Tu veux entendre la version de l'autre côté du miroir ? Celle dont il n'arrive pas à parler avec toi ? Parce que tu le vois comme l'incarnation imperturbable de la bonne humeur et de la stabilité ?

—Tu es là pour ça non ?

—Ça ne s'est pas très bien passé avec Emma. Au travail tu es en train de renoncer au projet qui te tenait à cœur parce que l'équipe n'adhère pas à l'ouverture de capital que cela aurait impliqué. Même si ça te rend malheureuse tu n'as pas voulu défendre ton point de vue alors que personne ne sait ce que tu voulais faire et que tu les aurais sans doute convaincus si c'était important pour toi. Tu continues de suivre les traces de ton père parce que tu ne te pardonnes pas les derniers moments avec lui, le fantôme de Lory est constamment sur tes pas, tu t'isoles de plus en plus, tu n'écoutes plus… Et il m'a appelée parce que je suis passée par là il y a deux ans et qu'il n'aimerait que ça se termine pareil vous deux.

—C'est-à-dire ?

—Que tu te fâches avec lui et que tu partes à six cent kilomètres par exemple ?

—Je ne vais pas faire ça.

Elle enroule son dos vers ses genoux, enfouit sa tête entre ses bras, et ainsi cachée, marmonne de manière à peine audible :

—Noam a vraiment dit tout cela ?

Naomie ne prend même pas la peine de répondre, elle enchaîne :

—Tu vas faire attention Lyor ? À toi je veux dire ? Comment on peut t'aider lui et moi ?

Lyor se redresse cette fois, une fausse surprise dans les yeux :

—Noam l'incarnation imperturbable de la bonne humeur et de la stabilité ? Sérieux ?

Elle sait que Naomie attend autre chose qu'un pas de côté. Elle connaît son amie, si elle ne veut pas que le blizzard arrive sans autre avertissement, il faut qu'elle lui réponde mais ça ne vient pas. Comme d'habitude…

—Je vais voir Hardie. Je n'aime pas la voir comme ça.

—Et après ? Pour Solace ?

—Tu me presses, tu m'oppresses, est-ce qu'il faut décider tout de suite ?

—Pour Solace oui. Ce petit-là a eu sa dose d'aventures depuis la naissance, si tu peux lui épargner d'être en mode survie et défense de territoire pour les prochaines semaines, il faut que tu trouves une solution maintenant.

—Je vais voir Hardie et je descends voir Titus et Hope juste après. J'ai entendu la voiture arriver.

Naomie hoche la tête.

—Je reste là, je surveille les félins. Je te fiche la paix pour tout le reste pour aujourd'hui, mais garde en tête que je suis là plusieurs jours, je ne pars pas sans être rassurée.

Elle se lève et s'étire avant de se diriger vers le coin cuisine, en reprenant l'air léger qui la définit habituellement.

—Je prépare à manger ? Tu as envie de quelque chose de particulier ?

—Pas tout de suite, mais il y a tout ce qu'il faut pour faire des crêpes.

—Ah oui, on est quand même en situation de crise pour que tu aies envie de crêpes !

Lyor s'arrête juste devant la porte. Elle semble avoir quinze ans dans son jean trop grand, perdue dans un pull qui lui couvre les mains et descend bien en-dessous des fesses, ses cheveux longs en bataille qui lui barrent la moitié du visage.

—Je suis contente que tu sois là.

Juste avant de fermer la porte en sortant, elle ajoute :

—Et ne mets pas trois louches de rhum dans la pâte.

Puis elle disparaît dans la nuit.

14

Emma a envie de fermer les yeux pour profiter du moment. Mieux entendre, mieux sentir, mieux goûter. Le bois crépite dans l'âtre. Des petits pétards de quatorze juillet en plein début d'automne. Titus vient de remettre une bûche, il observe les flammes, mesure la vivacité de son feu. La petite Hope est face à Emma. Elle n'arrête pas de parler, elle savoure le plaisir non feint qu'elle procure à leur hôte avec ces gaufres toutes fraîches. Emma a garni les alvéoles de la sienne de fines gouttes de crème de marrons. Il y a des plaisirs sensoriels qui atténuent les douleurs physiques, prennent le pas sur le désagréable et qui effacent même quelques instants les chagrins sourds et profonds. Elle ne sait pas trop ce qui lui arrive depuis une semaine qui lui donne l'impression d'être à vif comme jamais, mais cette gaufre à la crème de marrons, ce feu qui crépite et la bonne humeur volubile de la gamine lui font l'effet d'un solide pansement. Tout semble redevenir normal depuis quelques minutes.

La petite a frappé à sa porte une heure plus tôt. Elle avait fait des gaufres mais la recette était pour douze.

—Les gaufres c'est bon que le jour où on les fait, tu viens les manger avec nous ?

Cette voix chantante est irrésistible. Ses garçons étaient des enfants plutôt réservés, elle est étonnée, impressionnée par la vivacité de Hope et la facilité avec laquelle elle vient vers les adultes. Elle l'a suivie sans hésiter après avoir attrapé une bouteille de jus de pomme.

Cela fait dix jours qu'Éric est là. Il prend de longues vacances on dirait. Elle ne pose pas de question. Elle apprécie la sollicitude dont il fait preuve. Il a démêlé avec tact et efficacité l'imbroglio avec l'agence. Il a renégocié pour Emma un contrat ailleurs sans qu'elle débourse un centime supplémentaire. Elle a apprécié qu'il mette ses talents de juriste diplomate au service de la résolution de son problème du moment. Apparemment l'agent ignorait les demandes de Lyor car il pensait presque impossible de relouer à quelqu'un d'autre l'appartement qu'elle occupe. Un loft à la campagne en étage, elle devait être une des seules candidates sur la région, il ne voulait pas se compliquer la vie. *Il suffisait de demander, il a très rapidement reconnu qu'il avait eu tort*, a dit Éric. Il pensait relativiser la portée du geste qu'il a fait pour elle, mais elle n'a retenu que le fait qu'elle s'était faite berner une fois de plus, avec sa politesse docile.

Éric est prévenant, à l'écoute de ses envies et de ses soucis, tout en lui laissant l'espace dont elle a besoin pour ne pas se sentir envahie. Elle n'a toujours pas bien compris ce qu'il était venu faire ou trouver ici, tout ce qu'elle sait, c'est qu'elle a cessé de voir l'ancien mari roder autour d'elle pour commencer à envisager l'ami qu'il pourrait devenir. Pas sûr qu'il imagine les choses avec réciprocité, ses intentions semblent un peu plus équivoques. Elle n'a pas l'énergie d'en parler. Elle n'a pas l'énergie pour grand-chose à vrai dire. Une tonne de sable s'est déversée sur ses épaules, lui pique les yeux, lui donne envie de dormir, lui met les jambes en coton et lui donne l'impression de s'enfoncer dans le sol à chaque pas ou mouvement. Elle n'arrive plus à penser ou à se concentrer. Elle oublie au travail les consignes les plus élémentaires, elle ne parvient plus à exécuter que les gestes que ses mains ont enregistrés comme des réflexes. Daniel, le gérant, lui a demandé si elle était malade ou si elle avait des problèmes, les clients de la coopérative se sont inquiétés de sa pâleur inhabituelle, les collègues du centre de santé se sont interrogés devant la disparition de sa gourmandise face aux nombreuses tentations auxquelles elle n'avait jamais résisté jusqu'à présent. Ils l'ont même obligée à prendre à chaque prise de service son pouls, sa tension et même sa température. Elle passe tous les tests avec brio, bien entendu. Elle perd pied, ne trouve aucun point d'attache pour se raccrocher, sans pour autant ressentir ni colère ni tristesse ni souffrance d'aucune sorte. Elle n'est que lourdeur dans tout son corps et en apesanteur dans la tête, un étrange contraste, alors ce moment en couleurs tandis que tout est fade et sans relief depuis plusieurs jours la rassure et la ranime. Elle doit juste traverser un paysage étranger, elle va s'habituer, ça va passer.

—Moi je n'aime pas ça la crème de marrons.

Hope la fixe comme si elle faisait quelque chose de vraiment surprenant à remplir les alvéoles avec la crème.

—Quand j'avais ton âge je n'aimais pas cela non plus. Ma grand-mère faisait toujours une bûche de Noël aux marrons, mon grand-père adorait cela.

—Tu ne lui as pas dit ? Que tu n'aimais pas ça ? T'étais privée de dessert alors ? Fallait lui dire ! Mes mamies elles me font toujours mes gâteaux préférés !

—Un jour elle a compris que si je n'en mangeais pas ce n'était pas parce que j'avais plus faim et elle a fait une bûche au chocolat rien que pour moi. Et bien crois le si tu veux, j'ai commencé à aimer la crème de marrons à ce moment-là !

—Ça s'appelle comment ça ? Papa ?

Titus est dans ses pensées, il n'entend pas, toujours plongé dans les flammes de la cheminée.

—Papa ?

Cette fois il se retourne, comprend que sa fille s'adresse à lui et se rapproche de la table. Hope lui raconte l'histoire qu'Emma vient de lui confier et elle réitère sa question :

—Ça s'appelle comment ça ?

—Je crois que ça s'appelle l'esprit de contradiction, sourit Titus.

—Voilà ! Papa dit que j'ai ça moi aussi, l'esprit de contradiction !

Emma s'amuse beaucoup en compagnie de cette enfant, elle pourrait faire durer le moment mais un coup d'œil à sa montre lui fait prendre conscience qu'elle doit rentrer. Elle est là depuis un moment et Titus semble avoir besoin d'être seul, en famille tout au moins. Exactement au moment où elle se lève, trois coups sont frappés à la porte. Hope saute de sa chaise et se précipite pour ouvrir. Dans l'encadrement apparaît Lyor, les cheveux en bataille et la mine fatiguée. Emma a un mouvement de recul, comme un réflexe. Elle s'enfonce sur sa chaise et regarde au sol, comme si cela allait la rendre invisible. Les couleurs du moment viennent de s'effacer et une grande lassitude s'empare d'elle à nouveau. Elle parvient à saluer la jeune femme et saisit dans les grandes lignes ce qui motive cette visite tardive. Il est question d'un chaton, de sevrage, elle entend parler de sa grange, d'un vétérinaire, tout résonne un peu. Hope supplie quelque chose auprès de son père, pas longtemps. La petite fille n'est ensuite que sauts et rires. La scène ralentit, le temps s'étire à nouveau, l'écho se fait moins sonore. Elle voit Lyor qui acquiesce, la mine sombre, et qui repart. Elle dit qu'elle revient dans quelques minutes. Emma essaie de se ressaisir complètement, elle voudrait profiter de ce moment pour s'éclipser à son tour mais Titus la retient.

—Restez un peu. Il n'y en a pas pour longtemps.

Elle répondrait bien qu'elle veut rentrer, s'asseoir dans son fauteuil face à sa propre cheminée, fermer les yeux et se blottir dans la couverture la plus douce de son salon pour n'entendre que les chouettes et oublier tout le reste, mais elle en est incapable. Elle est paralysée par cette immense fatigue qui est revenue sans crier gare. Aucun mot ne sort, son corps n'obéit à rien. Elle reste assise et se force à respirer profondément.

Lyor revient. Elle a regardé l'heure, il s'est écoulé quinze minutes. Comme elle s'attendait à la voir revenir elle n'est pas bousculée comme la première fois. Sa voisine a dans les bras une panière qui a l'air de contenir un trésor tant elle la manipule avec précautions. Elle porte aussi en bandoulière un sac qui a l'air très lourd.

—Je le pose là ? Près de la cheminée ?

—Oui, c'est très bien. Il n'y a pas de courant d'air et c'est là qu'il fait le plus chaud.

—Je vous laisse la nourriture et le lait spécial. Il a commencé à manger cette semaine, il faut lui en donner en toute petite quantité, l'idéal c'est de peser. De toute façon tout est écrit dans le carnet de bord. En cas de besoin le vétérinaire répondra à vos questions. Le plus important c'est de le garder au chaud et de lui donner encore ses deux biberons par jour. Il a commencé à s'aventurer un peu en dehors du panier à la clinique, je ne l'ai pas vu mais il se déplace maintenant alors faites attention à la porte. Il ne voit pas encore très bien.

—Ça va aller Lyor. Vous venez le voir quand vous voulez.

Titus a posé sa main sur l'épaule de la jeune femme. Elle semble désespérée de laisser ce chaton ici. Emma n'a pas bien compris d'où il venait et quelle était son histoire mais cela a l'air compliqué pour elle de l'amener ici.

—Ok. Je vais vous laisser alors. Mais ça va aller avec votre travail ? Et l'école ? Parce que moi je travaille chez moi la plupart du temps alors si vous voulez que je vienne le nourrir par exemple, c'est facile.

Elle a parlé très vite, se dit Emma, comme elle avait fait la dernière fois, quand elle était venue avec ses cahiers et son histoire de famille sous le bras. Titus prend sur lui pour la rassurer, Emma voit les efforts qu'il déploie pour faire taire ses inquiétudes :

—Nous aussi on travaille à la maison. Cette année c'est moi le maître d'école pour Hope. Solace ne sera pas livré à lui-même et on ne ratera aucun biberon, on vous promet.

Elle hoche la tête, salue tout le monde, et repart comme une flèche. Emma a vu ses yeux briller quand elle est passée devant elle, sa voix déjà particulière, rauque et cassée, était tremblante, mal assurée. Elle se dit qu'elles étaient au moins deux dans la pièce à ne pas être au mieux de leur forme.

L'intermède du chaton a eu le mérite de lui permettre de reprendre ses esprits.

—Je vais y aller Titus. Hope, merci pour les gaufres. Merci pour ce moment à tous les deux. Je vois que vous allez avoir une compagnie supplémentaire, vos journées vont être bien remplies, un chaton c'est toujours une fascination.

—Ça ne vous embête pas ? Nous n'avons pas parlé des animaux ? Il a vraisemblablement été abandonné par sa mère dans la grange il y a quelques semaines.

—Ça ne m'embête pas du tout. On est à la campagne. C'est nous qui sommes sur le territoire des animaux, pas l'inverse.

Il la raccompagne à la porte et lui demande, discrètement :

—Qu'est-ce qui vous est arrivé tout à l'heure ? Quand la voisine est arrivée j'ai cru que vous alliez perdre connaissance ? Je ne veux surtout pas me mêler de ce qui ne me regarde pas mais tout va bien ?

—Merci, oui. Ce n'est rien de grave, la tête encombrée. Vous aussi vous avez l'air préoccupé.

—Oui. La tête encombrée aussi. Mais cet endroit nous fait déjà beaucoup de bien.

Elle hésite à partir, l'homme vient de dire quelque chose qui lui semble important, mais sa réponse lui échappe déjà.

—Tant mieux. Bonne soirée à vous deux.

—Bonne soirée Emma.

Elle a manqué l'heure des chouettes. Cela ne dure jamais très longtemps et on ne les entend que du côté des champs. Sa maison lui paraît froide malgré la température ambiante. Quitter ce père et sa fille vraisemblablement soudés au-delà de leur parenté par une peine qu'ils sont venus soigner ici sans vouloir la partager la renvoie à sa solitude. Ses fils lui manquent. Elle a envie de les voir. Elle ne se ment pas, elle sait bien que ce que Lyor est venue déposer dans son salon dix jours plus tôt n'est pas étranger à son état. Et si elle disait la vérité ? Et si elle avait une sœur ? Et si elle avait eu un père ? Toutes ces années ? Une vie entière de mensonges… Pourquoi sa mère lui aurait-elle caché un fait aussi important ? Comment Noël aurait pu faire semblant tout ce temps ? Tenir le rôle de l'ami de la famille tout en se sachant son père ? Elle n'a qu'une certitude qu'il lui faudra partager avec Lyor. Noël est mort. Elle en a la preuve. Cachée encore quelque part là-haut, dans les cartons qu'elle n'a pas pris le temps de trier. Si la jeune fille court encore après son fantôme, elle connaît le moyen de mettre fin à cette quête impossible et douloureuse.

Elle met un peu d'eau dans la casserole, sort le miel et les feuilles de tilleul. C'est la première année qu'elle récolte les fleurs au début de l'été et qu'elle les fait sécher dans la grange plusieurs semaines. Elle a mis en bocal les fleurs et les bractées ainsi déshydratées et prend un plaisir supplémentaire à savourer ces infusions dont elle connaît l'histoire.

Éric apparaît alors qu'elle s'installe dans son fauteuil.

—Je peux ? Demande-t-il en désignant le fauteuil voisin.

—Bien sûr.

—Tu étais chez le nouveau voisin ?

—Titus oui. Et sa fille, Hope.

—Drôles de noms. Ils sont d'où ? Anglais ?

—Je ne crois pas. Je n'en sais rien. Nous n'avons pas parlé de cela.

—Vous avez parlé de quoi ?

—De pas grand-chose, c'était juste un moment ensemble, à se serrer les coudes dans le début de l'hiver.

—C'est un bel homme ceci dit, je comprends…

Alors qu'elle n'a pas quitté des yeux la cheminée depuis qu'il s'est installé à côté, elle se tourne vers lui, étonnée par cette remarque.

—Qu'est-ce que tu vas t'imaginer ?

Il se défend et s'excuse à la fois, les paumes en avant, en signe de dénégation :

—Rien du tout, et de toute façon ça ne me regarde pas, je suis la dernière personne à pouvoir me mêler de ce côté de ta vie, pardonne moi… Je vais me faire un truc chaud aussi tu permets ?

Emma sourit. Éric jaloux, quelle première. Une réaction bien saugrenue compte tenu du contexte. Titus a l'air d'être un homme solide et fragile à la fois, fort mais blessé. Ils n'ont pas encore posé les fondations de leur relation mais elle sent qu'ils s'apprivoisent et qu'ils pourraient bien s'aider l'un et l'autre à se relever de ce qu'ils traversent. Une amitié pourrait naître de cette rencontre, c'est encore trop tôt pour savoir, mais elle aimerait bien. Et si elle est honnête, elle aime bien voir Éric un peu jaloux, elle le trouve touchant.

Ils n'en parlent plus. Ils finissent leur infusion et chacun regagne sa chambre. En tirant les rideaux elle entend le bruit d'une moto qui quitte la ferme, l'amie de Lyor sans doute, elle l'a vue arriver plus tôt. La jeune femme se fait moins asociale on dirait. En se couchant elle note qu'elle a passé une grande partie de la journée avec des sensations retrouvées. En dehors du moment de flottement chez Titus quand Lyor est apparue, il lui semble que son cerveau s'est remis à fonctionner normalement. Pourvu que ça dure…

15

Quand elle est sortie de chez Titus, Naomie l'attendait en bas des marches. Elle lui tend un casque.

—Tu vas chercher un blouson et on file voir Noam ?

—Ok.

Ne pas se laisser engloutir surtout. Lyor s'est extirpée avec une tristesse démesurée de la maison de Titus. S'occuper au quotidien de Solace va lui manquer avant d'avoir commencé. Elle avait déjà imaginé noter ses progrès, se féliciter de sa prise de poids, se réjouir des premiers moments de jeux. Bien sûr qu'elle a fait ce qui était sage et raisonnable, mais le laisser en bas et mesurer dans le même moment combien est tenace l'indifférence d'Emma à son égard, c'était un peu trop pour un dimanche soir. Les évènements la cernent et la compriment ; cette sœur qui l'ignore, l'abandon de son père, les mensonges de sa mère, Lory partie pour toujours, Solace qui va grandir sous un autre toit que le sien... Alors rouler en moto dans la nuit, retrouver

Noam, passer la soirée avec ses deux amis, oublier tout cela et faire de la place à un peu de légèreté, c'est l'issue parfaite. Naomie a senti tout cela, comme si elle avait lu dans ses pensées.

C'est une maison à deux étages, étroite, tout en hauteur. Noam l'a choisie parce que de chacun de ses balcons orientés à l'est, il pouvait voir ce pont habité qui le fascine. Il y avait deux pièces à chaque niveau, il a ouvert au maximum, libéré les étages en les transformant en plateaux épurés avec chacun leur destination. Au rez-de-chaussée c'est un espace de partage et de convivialité où l'on cuisine, on joue, on invente, on s'amuse, les murs épais peuvent accueillir des soirées animées. Le premier étage se prête davantage aux activités de réflexion, il y travaille quelquefois mais il aime surtout y lire, écouter de la musique, projeter un film. Sur le dernier plateau il a installé son nid, la chambre, une salle de bain spacieuse, sous un toit partiellement ouvert grâce à une verrière. Lyor a campé dans cette maison de nombreuses nuits même après son installation à la ferme. Noam, lui, passait du chantier en cours dans les locaux qu'ils avaient choisis pour Noor, aux murs et aux parquets usés de cette maison pour laquelle il avait déjà de grands projets. Mais comme à son habitude, il avait procédé avec méthode et logique. Il n'avait lancé les travaux de son habitation qu'une fois le chantier de la société achevé. L'argent était tombé vite avec les résultats exceptionnels qu'ils avaient réalisés dès les premières années de la société. Il avait tout investi dans la rénovation de ce lieu qui était devenu le symbole du travail accompli avec Lyor.

Le temps que Naomie pose la moto, Lyor a déjà filé vers la maison. Les reproches qui flottaient encore quelques heures plus tôt se sont complètement envolés, elle ressent l'envie urgente de voir Noam, comme après chaque émotion forte. Il est sur le pas de sa porte, il a reconnu le bruit du moteur de sa moto.

—Et si on allait à l'arbre ? Lance Lyor en le serrant dans ses bras.

—Et moi qui m'étais préparé à une salve de reproches pour t'avoir dissimulé la venue de Naomie.

Elle hausse les épaules.

—La prochaine fois préviens, mais c'était une bonne idée on le sait tous les trois.

Naomie les a rejoints. Elle lance en guise de bonsoir :

—Va falloir que tu nous laisses la moto pour les quatre jours à venir tu as compris ça aussi Noam ?

—Vous savez toutes les deux que je ne peux absolument rien vous refuser. Lyor propose d'aller à l'arbre, ça te dit ?

—Votre arbre ?

—Oui.

—Il fait nuit, froid, le ciel se couvre, c'est ça la soirée « chill » de vos rêves pour nos retrouvailles ?

—Tu dis cela parce que tu n'es jamais allée à l'arbre.

—Vous n’avez jamais voulu me le montrer, même en photo !

—C’est parce qu’il ne se montre qu’à ceux qui se présentent à lui, ajoute Noam, la malice dans les yeux. En revanche, on y va en voiture, la moto reste là.

L’arbre est à quelques kilomètres. Un autre symbole de Noor. Quand ils ont créé la boîte ils étaient très jeunes, convaincus que les idéaux qui les animaient seraient là pour toujours. Noor a été créée pour se mettre au service de projets d’utilité sociale, écologiques ou sanitaires. Mais ils ont vu tellement de personnes se détourner avec facilité des principes qu’elles brandissaient à leurs débuts pour se tourner vers des investissements à la rentabilité plus efficace, qu’ils ont pensé à un moyen de ne jamais oublier ceux qu’ils étaient à ce moment-là. Un peu naïvement sans doute, ils ont investi les premiers bénéfices réalisés dans l’achat d’un terrain non constructible à quelques kilomètres du siège social, un champ où aucune dalle en béton ne pourra jamais être coulée, un espace protégé où la nature sera toujours plus importante que tout le reste. Pour se rappeler, si jamais ils prenaient une mauvaise direction dans les choix à venir, des adultes qu’ils étaient à moins de trente ans et des espoirs qu’ils nourrissaient. À l’un des angles de ce champ, entre des blocs de granit arrivés ici il y a des siècles, a poussé un châtaignier immense qui déploie ses branches sur une circonférence de presque 10 mètres. C’est le symbole de Noor. Noam a changé le logo quand ils ont acheté le terrain mais personne d'autre qu'eux deux ne connaît la véritable origine du dessin qui peuple leur site internet, le papier à en-tête, la façade du siège social et toutes les applications qu'ils développent.

Noam se gare dans le chemin. Ils ont roulé en silence. Il a juste dit aux filles que tout était prêt. Il avait eu la même idée. Naomie est intriguée mais elle joue le jeu, elle se laisse conduire. Noam ouvre le coffre, prend un sac de randonnée qui semble plein à craquer, tend la lampe torche à Lyor. Quelques centaines de mètres plus loin, les contours du châtaignier apparaissent. Naomie ne retient pas un cri de surprise.

—Mais vous êtes dingues ! Jamais je n'ai pensé à ça ! Depuis combien de temps est-ce que cela existe ?

—Depuis le début. Allez monte ! À toi l'honneur, on t'éclaire.

—C'est solide ? Demande-t-elle quand même.

—C'est Lyor qui a fait les plans, et c'est moi qui l'ai construite.

—Ok. Allume ta lampe Noam.

Dans le châtaignier centenaire ils ont imaginé la cabane dont ils avaient tous les deux rêvé quand ils étaient enfants. Tout en posant les plateaux pour ne pas gêner l'arbre, ils ont créé un repaire parfaitement fondu dans les branches, tout en rondeurs, avec cette forme particulière à laquelle Lyor est tellement attachée. Les parois des trois alcôves sont arrondies, se croisent et s'enlacent pour simuler une petite brioche salée comme on les voit fleurir en Alsace, une cabane bretzel, exactement comme elle l'avait dessinée.

Quand ils sont tous les trois arrivés sur le premier plateau, Noam ouvre la porte et fait découvrir à Naomie les trésors d'ingéniosité dont ils ont fait preuve pour optimiser chaque centimètre tout en créant un espace protecteur et douillet.

—C'est fou… Dites-moi qu'on va dormir là…

—Pourquoi crois-tu que je porte ce sac de 10 kilos depuis la voiture ? On va s'endormir avec les oiseaux de nuit, s'allonger dans ce qui se fait de mieux comme sacs de couchage, tu auras même peut-être un peu chaud, on va prendre le petit déjeuner au lever du soleil et demain tu te sentiras rajeunie de dix ans.

Lyor se régale de voir Naomie découvrir les premiers secrets du repaire qui s'offrent à elle. Dans la pénombre, atténuée par la lumière des torches et des bougies, l'ambiance est parfaite. Au lever du soleil elle verra tout le reste et ce sera un autre moment magique. Si Noam a apporté le matériel pour camper, la cabane recèle toujours, dans chacune de ses trois niches, des coussins et des tissus colorés qu'ils sortent des malles hermétiques pour égayer l'espace. Naomie est montée tout en haut de l'échelle, sur la terrasse la plus haute, elle est redescendue après s'être baignée dans le ciel étoilé, reconnaissante du moment.

C'est une soirée particulière, celle où ils se retrouvent. Ils n'avaient plus partagé de temps tous les trois depuis presque trois ans. Enroulé chacun dans leur couverture, ils viennent de terminer le pique-nique que Noam avait préparé. Lyor se rend compte combien elle s'apaise en leur présence, son cerveau ne galope plus dans tous les sens, elle ne s'arrête pas sur tous les détails, son corps se relâche en même temps que son esprit, elle réussit à ne pas penser à la suite. Il y avait vraiment longtemps que cela ne lui était pas arrivé. Elle les écoute parler d'eux, de leurs envies, de leurs projets, reprendre par le détail les épisodes de leur vie qu'ils n'ont pas vécus ensemble. Les années loin les uns des autres ne comptent pas, elle a l'impression qu'ils reprennent exactement à l'endroit où ils s'étaient arrêtés. Juste avant de s'endormir, Naomie lance la question rituelle qui ponctuait chacune de leurs soirées par le passé :

—Et alors ? Demain ?

—Toi d'abord, répond Noam, comme il l'a toujours fait.

—Demain je vais dire oui à Solenne. Pour le mariage. Et je vais aller visiter ce local, je crois que c'est le moment d'ouvrir mon restaurant.

—Tu mets la barre très haut ! À toi Lyor.

Elle enchaîne sans réfléchir, elle laisse les mots remplir l'espace sans les retenir :

—Demain je vais m'occuper un peu de moi. Reprendre mes rendez-vous là où je les ai laissés en plan il y a trois ans, partir à la recherche de cette paix intérieure qu'on lit dans les magazines et essayer de moins vivre avec ceux qui ne sont plus là. Où qu'ils soient.

—Si j'avais su que l'arbre te ferait cet effet-là j'aurais appelé Naomie il y a plus longtemps que ça !

Lyor regarde en face d'elle. Ils sont tous les trois allongés en position semi assise sur une banquette au deuxième niveau de la cabane. Elle devine le visage de Noam mais n'arrive pas à voir s'il a les yeux ouverts. Ils savent tous les trois que ce n'est pas parce qu'elle a prononcé ces mots qu'elle va mettre ces projets à exécution. Lyor, encore plus que Noam et Naomie, est l'incarnation même de la fiabilité pour tout ce qui l'engage auprès d'autrui, mais elle se sent moins obligée de respecter les délais ou les engagements qu'elle prend pour elle. Pour le moment elle est sincère, elle verra ce qui reste le lendemain matin.

—Et toi Noam ?

—Demain…

Il laisse le mot suspendu dans l'air. Ce premier moment de silence est brisé par les premières gouttes d'une pluie qui se densifie rapidement. Noam complète sa phrase mais le bruit de l'eau qui tombe sur la cabane couvre complètement sa voix. Naomie lui demande de répéter, plus fort, en guise de réponse on devine sa main qui se lève et qui semble dire « plus tard ». Les trois amis s'endorment, bercés par cette météo tourmentée et apaisante à la fois, à l'abri de l'habitacle protecteur, emmitouflés dans leurs couvertures. L'eau qui tombe sur le bois et les feuilles n'a rien à voir avec celle qui frappe le bitume, les toits de voiture ou la tôle des abris bus de la ville.

Au lever du jour quand Lyor ouvre les yeux, la banquette sur laquelle était Noam est vide. Naomie semble toujours endormie. Elle s'étire et s'habitue à la fraicheur en dehors de la couverture. En évitant de faire craquer les planches qu'elle sait capricieuses pour ne pas réveiller son amie, elle se hisse à l'étage du dessus où elle devine que Noam est allé. Il est là, assis en tailleur, à surveiller la gamelle qu'il fait chauffer pour préparer du café sur le réchaud à gaz historique. Elle se faufile à ses côtés.

—Tu arrives deux minutes trop tôt. Ce n'est pas prêt.

—Arrête d'être parfait toi… Après on ne peut plus se passer de toi.

—C'est tout à fait le but. Tiens, ça y est, c'est du soluble. J'ai oublié que tu avais rapporté une cafetière italienne la dernière fois.

—C'est bien, tu vois, tu n'es pas si parfait.

Elle le regarde, profite de la sérénité qu'elle lit sur son visage.

—Noam ?

—Oui ?

—C'était quoi ton « demain » ? Je n'ai pas entendu hier soir.

—Je ne peux pas te répéter un « demain » tu le sais bien.

—On s'en fiche des règles.

—Pas celle-ci non. Ce serait sacrilège !

Il plaisante, il a les yeux qui pétillent et ce sourire qui éclaire déjà son visage dès le réveil. Mais Lyor sait qu'il ne cèdera pas pour autant. Cette tradition du « demain » que Naomie et elle ont instaurée presque dix ans plus tôt et que Noam a adoptée quand il les a rejointes, est un pilier du trio. Souvent il s'agit d'envies un peu diffuses que chacun a besoin de clarifier pour les rendre accessibles. Le déménagement en Bretagne et la création de Noor sont nés d'un « demain », au milieu de projets plus modestes du quotidien.

—Tu ne vas pas au travail aujourd'hui ?

—Rien ne m'y oblige. Pas de rendez-vous.

—Merci pour cette soirée, le pique-nique, la surprise.

—T'es bête arrête. J'adore faire ça, avec vous deux, mes deux reines, je suis un homme comblé.

Lyor revoit l'entrée de son appartement la veille au soir quand elles sont arrivées avec Naomie. Elle a immédiatement constaté ce qui avait disparu. Le parfum, les foulards, la photo. Noam n'en parle pas mais Delphine, celle qui l'appelait sa reine jusqu'à présent, s'est éclipsée et ne fait plus partie de sa vie. Il y a cette pudeur entre eux, malgré l'intense complicité qui les lie, qui laisse de côté certains sujets.

—Journée parenthèse alors ?

—Journée parenthèse, confirme-t-il. C'est la première fois de Naomie ici, je propose qu'on aménage avec elle la cabane du haut.

Comme une réponse implicite à cette idée, le ciel laisse passer un rayon qui rentre directement par la fenêtre et qui s'imprime sur le visage de Noam. Lyor se sent infiniment reconnaissante du moment, un instant de paix dense et profond dont elle sait qu'elle va conserver le souvenir dans les temps plus compliqués qui l'attendent.

16

Éric est là depuis bientôt deux semaines. Emma commence à s'habituer à sa présence confortable mais elle se couche quand même tous les soirs en se promettant d'avoir une conversation franche avec lui le lendemain. Elle ne sait toujours pas au juste ce qu'il est venu chercher, toujours est-il qu'il n'a pas l'attitude de quelqu'un en transit. Il s'est installé un petit coin bureau dans sa chambre, elle l'a entendu travailler un peu, il ne parle jamais de partir, il est même revenu un jour d'un tour en ville avec des sacs entiers de vêtements neufs, plus adaptés à la saison, certes, mais dont son dressing chez lui doit déjà regorger. Il ne prend pas de place, c'est juste qu'elle aimerait retrouver son entière liberté. Et puis elle ne peut pas s'empêcher de se sentir obligée envers lui. Elle va mieux, elle a pris du recul, mais elle a été très bousculée les jours qui ont suivi la venue de Lyor chez elle. Sans qu'elle dise à Éric ce qui s'était passé, il a deviné la fragilité qui la traversait et il a été particulièrement attentif et prévenant. Elle se sent redevable, c'est plus fort qu'elle. Il l'a invitée au restaurant, elle a accepté parce qu'elle savait que ça lui faisait plaisir, quand bien même elle s'engageait sur une pente un peu savonneuse. Elle devrait être rassurée, ses sentiments à elle sont bien partis, il n'y a aucun doute, mais elle a dû tourner le visage quand il a voulu l'embrasser au retour de ce dîner et elle ne cesse depuis de reporter la conversation qu'ils doivent avoir.

Curieusement c'est auprès de Titus qu'elle a parlé de tout cela. Jeanne et Sophie sont très prises ces derniers temps et elle a déjà récolté, lors de la soirée qu'elle avait passée avec elles, tous les conseils de bons sens qu'elle devait entendre. Au détour d'une visite pour prendre des nouvelles du chaton, son voisin lui a franchement posé la question. Elle a été la première surprise de s'entendre lui répondre avec une grande franchise. Il était en train de garnir la soucoupe de Solace quand il a demandé :

—Cet homme qui habite avec vous c'est votre mari ? Je devrais peut-être aller me présenter ?

—N'en faites rien, il n'est que de passage. Nous avons été mariés, plus de vingt ans, mais il est venu ici se consoler d'un chagrin d'amour qui n'a absolument rien à voir avec moi.

Elle a ajouté, en s'entendant rire à nouveau pour la première fois depuis plusieurs jours :

—Je ne vous dis pas d'être impoli attention ! Mais ne vous déplacez pas exprès. Cet endroit n'a rien à voir avec lui et il ne va pas tarder à partir.

—C'est original mais sympathique de rester dans de bons termes ainsi avec un ex-conjoint.

—C'est la première fois surtout. Nos relations étaient fraîches ces dernières années. Je suis la première étonnée.

—Alors sa présence ici a peut-être quand même quelque chose à voir avec vous. J'imagine qu'il avait d'autres endroits où aller pour se consoler de son chagrin d'amour comme vous dites ?

—Vous avez sans doute raison. J'évite de me poser ce genre de question, j'attends juste qu'il parte et que la vie reprenne son cours.

—Si vous voulez mon avis…

Elle a guetté la suite, mais il a ajouté avec un sourire qu'elle n'avait jamais vu encore et qui a changé tout son visage :

—Vous voulez mon avis ?

—Oui, bien sûr !

—Attendre ne va pas le faire partir.

—Vous m'avez l'air d'être un homme de bon sens Titus ! Je crois que vous avez percé à jour ma capacité à reporter ce qui me tracasse. La pile s'élève ces derniers jours, il va être temps que je mette le holà.

Elle n'a pas regretté d'être passée sans réfléchir. Titus aérait la maison. Vraisemblablement il avait tout ouvert pour laisser s'échapper la buée qui s'était collée sur les fenêtres avec la montée en ébullition d'une grande casserole d'eau. Il l'a écouté parler puis il s'est levé et a refermé la porte.

—Vous voulez déjeuner avec nous Emma ? Hope finit une lecture et ensuite c'est spaghettis bolognaise.

—J'adorerais, mais je dois filer dans un quart d'heure, je prends mon service au centre de santé.

Il s'est attardé à la porte, elle l'a vu regarder vers sa maison.

—Notre voisine vient de frapper chez vous. Elle a laissé quelque chose sous votre porte.

—Elle est partie ?

—Elle est sur le point, elle prend sa voiture.

Emma s'est assombrie bien malgré elle. Depuis la venue de Lyor elle a affronté de grands coups de vent, cela commence à mieux aller, mais la situation s'enlise. Elles sont dans une zone inconfortable toutes les deux, liées par une histoire dont elles ne partagent pas la même version. Elle sait que le père de Lyor est le Noël de son enfance et de sa jeunesse, l'homme précieux qui a accompagné et soutenu sa mère, l'ami qui lui a beaucoup appris et pour lequel elle avait un grand respect. Emma sait aussi que Noël est mort, elle pense qu'il a même choisi le moment et la manière de partir même si ces choix-là n'ont pas été très heureux. Pour Lyor, cet homme-là était leur père à toutes les deux et il n'est pas certain qu'il soit mort. C'est mettre en cause l'honnêteté de sa mère et laisser entendre que sa vie a reposé sur un mensonge. Elle le reconnaît, elle est un peu en colère après la jeune femme et elle évite de la croiser depuis quelques temps.

Titus la ramène au présent :
—Un souci avec elle ?
—Non non pas du tout.
—Je ne vous crois pas, mais ça ne me regarde pas.

Elle s'est levée, elle est allée dire au revoir à Hope allongée sur son lit dans la pièce mitoyenne plongée dans un livre, a salué Titus et est partie directement, un peu en avance. Pas très à l'aise. Elle venait de se confier sans retenue à son voisin inconnu en livrant des éléments qu'elle regrettait déjà d'avoir partagés. Un trop plein sans doute. Un signe qu'il était temps de régler les choses. Parler à Éric, Parler à Lyor. Reprendre le cours de sa vie, et se plonger dans l'imagination de cette fête qu'elle s'était promis d'organiser.

Pour le moment elle s'engouffre dans sa voiture en essayant de ne pas se laisser envahir par ces préoccupations, Éric, Lyor, Titus et Hope, le manque de ses fils, celui de sa mère qui revient à la charge à force de parler de Noël. Elle n'a pas assez de méthode pour ranger les choses dans les bons tiroirs et choisir de les ouvrir aux moments opportuns. Elle revoit le moment qu'elle vient de passer avec Titus ; cet homme-là est étonnant. Il est tantôt secret, fermé hermétiquement, à peine poli, tantôt sociable et tourné vers les autres. Elle a deviné que lui et sa fille sont arrivés ici pour s'éloigner d'un lieu ou d'une histoire qui leur avait fait du mal mais elle n'en sait pas plus. Si l'homme se tourne volontiers vers elle et semble vouloir être le plus serviable des locataires depuis quelques jours, il a fermé à clé toutes les ouvertures qui donnent sur sa propre histoire. *Un homme du présent et de l'avenir*, c'est ainsi qu'il s'est défini, ou excusé, quand elle s'est aventurée, un peu par politesse, sur le terrain des questions.

Elle s'installe derrière le volant, ferme la portière sans la claquer. Elle n'a pas envie d'attirer l'attention d'Éric et de le croiser. Elle se connaît, à force d'avoir repoussé la conversation elle pourrait bien être maladroite en lâchant les mots retenus. Elle va se garder de se mettre en situation d'être blessante. De même elle découvrira les mots de Lyor après sa journée de travail. Pour l'heure elle aura bien assez à penser avec les malades du centre et les aventures quotidiennes de ses collègues.

Elle n'a pas encore tourné la clé quand son portable émet le signal qui indique qu'elle a reçu un message. Elle l'avait laissé dans la voiture, elle ne l'a pas entendu sonner. Elle écoute le répondeur, il s'agit de Jeanne.

Emma, c'est nous. Je veux dire, je suis avec Sophie. On a bien eu tes dates mais ça ne colle toujours pas. Tu peux nous en renvoyer d'autres ? Des bises de nous, on espère que tu vas bien. Donne des nouvelles !

Elle repose le téléphone sur le siège passager et démarre. Elle est déçue. Rien n'est simple avec cette date de fête. Elle a pourtant passé l'âge et l'époque des week-ends surbookés où il fallait jongler entre les compétitions sportives des garçons, les anniversaires ou les kermesses. C'est peut-être un signe. Si elle ne parvient pas à trouver une date qui convienne à la garde rapprochée alors ce n'est sans doute pas la bonne année. Elle s'offrira un voyage à la place, pourquoi pas. Il y a tellement de lieux qu'elle a encore envie de découvrir.

La journée est inhabituellement calme au centre. Le faible afflux de patients lui donne même le temps de ranger l'armoire des médicaments, de faire du tri dans les dossiers et dans le courrier. Quand, une heure avant la fin de son service, l'un des médecins lui propose de partir plus tôt, elle ne se fait pas prier. Les journées denses sont épuisantes mais moins que celles où le temps s'étire. Cette fois elle ne triche pas, elle ne se donne aucune opportunité de déroger aux promesses qu'elle s'est faite quelques heures plus tôt, elle ne passe pas faire les courses, ne fait aucune halte sur la route même pour prendre des nouvelles des patients pour lesquels elle s'arrête régulièrement, elle rentre directement.

Le moment où la nuit enveloppe la ferme à cette saison est son heure préférée. Elle aurait aimé se retrouver seule mais elle voit la lumière du feu de cheminée qui danse à travers les fenêtres, Éric est là. Quand elle pousse la porte elle sent l'odeur de la soupe, celle du pain grillé, et une autre, chocolatée, qui s'échappe du four. Les contradictions en elle se font presque insupportables. Au plaisir touchant de voir les efforts qu'il a déployés pour lui faire plaisir, se heurte la contrariété de voir qu'il semble vraiment s'installer chez elle sans qu'ils aient parlé de l'étrangeté de la situation. Elle pose son sac, va se laver les mains et respire tout en essayant de choisir parmi les mots qui lui viennent en tête ceux qui lui semblent les plus appropriés. Cela ne fonctionne pas :

—Éric tu ne peux pas rester. Tu pars quand ?

Il la regarde, les yeux ronds, il a dans les mains une bouteille de vin pas encore débouchée et porte un de ses tabliers. Elle se rend compte de sa rudesse.

—Pardon, excuse-moi. Viens t'asseoir, ouvre cette bouteille si elle te tente, je prendrai un verre avec toi. Il faut qu'on parle.

Il retire le tablier, attrape deux verres sur la table, n'ajoute rien et va la rejoindre face à la cheminée. Elle attend qu'il ait servi le vin, un Viognier de la région de l'Hérault, l'un de ceux qu'elle affectionne mais qu'elle n'a pas trouvé dans les grandes surfaces des alentours. Une autre attention d'Éric, il a dû le commander ou arpenter les cavistes. Ils prennent une gorgée, elle laisse le parfum imprégner son palais, ferme les yeux, se concentre réellement sur ce qu'elle veut dire avec le plus de précisions possible à son ancien mari.

—Je te remercie pour toutes tes attentions. Tu serais le colocataire idéal si tu n'étais pas mon ex-mari, et si j'avais envie d'un colocataire surtout…

Il la laisse parler. Il s'est enfoncé dans son fauteuil, imperturbable.

—J'imagine que ce que tu vis est difficile. Cela fait quoi ? Trois ans maintenant avec Lucie ? Je ne sais pas ce qui s'est passé, je préfère ne pas en parler avec toi, ça me gêne un peu. Peut-être que ça va s'arranger ?

Elle s'arrête, reprend son souffle et poursuit en ralentissement le débit de ses mots :

—Je suis heureuse de voir que nos relations s'apaisent et que nous pouvons devenir de bons amis, mais je ne pense pas que nous puissions jamais être des confidents l'un pour l'autre.

Éric a déjà bu son verre. Il se sert à nouveau, propose à Emma qui a à peine touché le sien. Elle décline, prend une seconde gorgée pour se donner le courage de poursuivre.

—Depuis quelques années j'ai appris à me connaître, à aimer la liberté, l'indépendance, à m'investir dans les projets qui me tiennent à cœur, à prendre les décisions après les avoir pesées sans demander l'aval ou l'autorisation implicite de quelqu'un.

—Vivre avec moi t'empêchait de faire ça ?

Il n'a pas dit cela sur la défensive, il semble plutôt sincèrement étonné.

—Je m'empêchais toute seule. Ce n'était ni toi ni nous. J'ai réussi à me convaincre que j'avais guidé mes choix toute ma vie. J'avais un peu mis de côté l'influence de mon éducation. J'ai grandi avec une mère qui a toujours pris ses décisions en fonction des autres, ses parents, puis moi, et qui a pleuré l'amour de sa jeunesse toute sa vie. Je n'ai pas souvenir de l'avoir vue faire quelque chose parce qu'elle en avait envie. Ce n'est pas de sa faute. J'ai aussi mon caractère et ma personnalité, mais alors que j'ai toujours pensé m'affranchir de cette manière d'avancer, j'ai fait exactement pareil, je l'ai juste fait ailleurs et autrement. Je n'ai pas été malheureuse pour autant, j'ai eu une très belle vie jusqu'à présent, mais j'ai envie de voler davantage toute seule, de savoir m'orienter sans l'aide de personne, de suivre le nord ou le sud peu importe, mais de ne pas choisir ma direction en fonction des autres. Je commence à y arriver.

Elle s'arrête un peu, pose ses paumes sur la tête, couvre ses yeux, quelques secondes, cela lui donne l'impression de lisser ses idées, de retirer le superflu :

—Pour changer j'avais besoin de me retrouver seule. Ces dernières semaines, je me suis laissée aller à un peu trop de nostalgie, j'ai ralenti la construction de mes projets, j'ai envie de retrouver mes marques, tout cela est encore trop fragile.

—Et pour cela tu veux que je m'en aille ? Je ne me suis pas rendu compte que je prenais trop de place.

Je trouvais au contraire qu'on se retrouvait un peu. Je n'avais pas l'impression d'entraver ta liberté.

Elle perçoit désormais un peu d'amertume dans les propos d'Éric. Elle enchaîne d'une voix qu'elle veut posée, mais elle tremble malgré elle.

—Je ne suis pas experte en la matière, je ne sais pas trop analyser les situations, c'est plutôt instinctif. Je réalise que vivre seule n'est pas seulement la conséquence de notre séparation, c'est une envie, un besoin presque. Nous deux, même si là c'est agréable, ça me renvoie forcément à la vie que nous avons eue avec les bons mais aussi les mauvais côtés. Je préfère mettre ces souvenirs-là un peu à distance.

Éric se décolle du siège. Pose son verre sur la table. Se penche vers Emma.

—C'est là que nos intentions ne se croisent pas. Je pensais que, comme moi, tu avais envie de faire de notre vie passée autre chose qu'un souvenir, peut-être reprendre une histoire, différemment, avec l'expérience que nous avons et qui nous a rendu plus sages ? Il y a toujours quelque chose entre nous Emma, tu ne peux pas l'ignorer.

Emma pose son verre à son tour, remet ses paumes à plat sur son front, les fait glisser sur ses tempes, ferme les yeux quelques secondes. Elle ne s'attendait vraiment pas à cela, mais surtout elle n'y croit pas. Elle pose les coudes sur ses genoux et regarde Éric bien en face, comme si cette posture directe allait aider à clarifier aussi ses propos :

—Je ne nie pas que je te trouve toujours séduisant. Avant ces quelques jours que nous venons de passer ensemble, il est vrai qu'il me trottait parfois dans la tête que nous avions pu, peut-être, faire une bêtise en nous séparant il y a quelques années. Mais plus maintenant. Nous avions sans doute besoin de ce moment-là pour nous dire au revoir tranquillement, passer à l'étape suivante de nos vies. Maintenant que je sais que je n'aurai plus de regrets, j'aurai beaucoup plus de plaisir à te revoir, tu comprends ce que je veux dire ?

Il ne répond pas. Emma se lève, elle va ranimer un peu les braises, pose une nouvelle bûche.

—Ça sent divinement bon, lance-t-elle quand elle se retourne.

—Installe toi, je te sers.

Il contourne le fauteuil sur lequel il était assis et avant qu'elle n'anticipe le geste il s'approche d'elle et l'enlace. Il n'y a plus de message caché dans ce geste. C'est un moment de paix. Éric est d'accord. Ils ne sont plus ceux qu'ils étaient l'un pour l'autre, mais ils se garderont toujours une petite place au chaud.

Il suffisait qu'elle parle. C'était tellement simple.

Quand la soirée touche à sa fin, il lui annonce qu'il fera ses valises le lendemain matin. Pendant le repas il a donné la véritable raison de son exil chez elle, « avoué » a reformulé en souriant Emma. Lucie ne l'a pas quitté. Elle lui a annoncé qu'elle était enceinte. Il a pris peur. Une trouille inédite a-t-il dit. Elle a trente-cinq ans, il approche de la cinquantaine, il n'avait pas imaginé une cinquième paternité plus de vingt ans après la dernière. Il lui a demandé un petit moment de réflexion et il n'a même pas dit où il allait. Emma ne lui fait pas la morale, il est assez intelligent pour interpréter sa réaction et il n'est déjà pas très fier de son attitude. Elle le laisse préparer son retour et monte dans sa chambre beaucoup plus légère.

Elle a pris au passage la lettre que Lyor a laissée sous la porte. Ce sera pour demain. Elle a eu son compte pour aujourd'hui. Elle passe un peu plus de temps que de coutume dans la salle de bain. Elle choisit l'une des nombreuses crèmes qui doivent coûter une fortune que ses garçons lui offrent à chaque occasion. Elle ne s'en sert jamais, son étagère dans la salle de bain est un véritable présentoir à cosmétiques. Elle ouvre le couvercle de la boîte qu'elle trouve la plus jolie et hydrate sa peau en prenant vraiment le temps. Ses doigts qui massent légèrement le contour de ses yeux, son cou, le léger parfum qui se dégage, c'est agréable. Quand elle retrouve sa chambre elle s'aperçoit qu'elle a laissé l'enveloppe de Lyor en évidence sur le lit. Elle l'ouvre sans réfléchir, quel que soit ce qu'elle renferme, la nuit porte conseil.

Bonjour Emma,
Je vais envoyer le recommandé règlementaire à l'agence, mais je voulais vous informer que je vais libérer l'appartement que j'occupe depuis deux ans. Il y a un préavis d'un mois que je règlerai mais il sera libre dès la semaine prochaine.
Lyor Carpentier.

Elle devrait être soulagée, encore un souci de moins. Pourtant cette nouvelle est comme un poids qui lui tombe sur le cœur. Elle s'en veut aussi car elle a reporté jour après jour ce qu'elle voulait dire à sa jeune voisine au sujet de la mort de son père. Elle secoue la tête. Il n'est plus l'heure de penser, elle aura les idées plus claires au réveil.

17

Naomie est repartie avec la promesse de Lyor de venir à Paris pour lui rendre visite à elle et à Solenne. Ce sera pour Noël, un peu avant ou un peu après, ni l'une ni l'autre ne fêtent cette journée. Naomie se porte toujours volontaire pour travailler au restaurant, Lyor préfère ne pas revivre les soirées heureuses avec Lory et ses parents. Depuis plus de dix ans elle évite toutes les images qui la ramènent à cette époque et au mensonge qui rampait silencieusement sous le sapin et derrière les cadeaux.

Noam doit passer ce matin. Elle a commencé à regarder où elle allait s'installer quand elle aura quitté la ferme. Elle a plusieurs pistes. En attendant elle habitera au premier étage de la maison de son ami. Elle a préparé les premiers cartons, ceux qui contiennent les projets non aboutis de Noor, ils sont lourds et ils ne seront pas trop de deux pour les porter. Pour le reste, tout tient dans une valise. Le plus compliqué sera pour Hardie. La chatte s'est habituée au grand air, à la compagnie des arbres et des animaux, à la liberté d'aller et venir à sa guise, le retour en ville risque de ne pas être à son goût.

Elle a déjà fait trois allers-retours mais plus rien ne tient dans sa petite voiture. Elle s'apprête à remonter en attendant que Noam arrive avec la sienne quand elle croit entendre qu'on l'appelle. Elle se retourne, tend l'oreille mais ne voit ni n'entend rien. Le vent n'est pas tendre ce matin, elle a dû s'imaginer des voix.

—Lyor !

Cette fois pas de doute, c'est bien son prénom qui résonne dans la cour. Elle voit Emma qui vient d'entrouvrir la porte d'entrée. Elle n'a pas envie de parler ce matin, elle sent qu'après l'accalmie des derniers jours ça bouillonne à nouveau dans sa tête, tout la fatigue. Et puis cela fait trois semaines que la femme l'évite, elle choisit mal son jour pour rompre la glace qu'elle a laissé se reformer.

—Je n'ai pas le temps, je suis déjà en retard !

Elle pense que cela suffit et elle repart en direction de chez elle. Elle n'est pas arrivée à l'angle de la longère qu'elle entend les graviers crisser, Emma l'a rattrapée.

—Lyor il faut que je vous parle. C'est très important. Cela ne sera pas long.

—Je suis pressée Emma, je ne pars qu'après demain cela peut attendre ce soir ?

—Oui sans doute, mais ce serait mieux maintenant. J'aurais dû voir cela avec vous il y a plusieurs semaines en réalité.

Lyor est curieuse, cela n'a donc rien à voir avec son départ ou son déménagement. Emma a l'air d'être dans un état d'urgence émotionnelle qu'elle-même connaît bien. Cela la fait céder et elle la suit sans manifester un grand empressement pour autant.

Le rez-de-chaussée a retrouvé son aspect antérieur. Elle comprend en un regard que le mari est parti, il n'y a plus aucune trace de sa présence. Emma est différente, elle a un peu maquillé ses yeux, attaché ses cheveux auburn en queue de cheval, elle porte un jean et un pull ajusté, elle semble plus jeune, plus droite, sûre d'elle. Elle lui désigne l'imposante table de ferme qui coupe la pièce en deux et sur laquelle elle a posé une boîte à chaussures.

—J'ai lu votre mot hier soir. Il n'est pas question que vous partiez d'ici, en tout cas pas si vous n'en avez pas vraiment le désir Lyor. Votre père et vos grands-parents ont vécu ici, vous y resterez tant que vous en aurez envie.

Elle la regarde, passe de la boîte à chaussures à Emma. Elle ne comprend pas trop où elle veut en venir.

—Je sais que j'ai été un peu distante ces derniers temps, vous m'avez bousculée. J'ai été très touchée par le cahier que vous m'avez remis. Je n'avais pas mesuré la tendresse qu'il avait développée pour moi. En tout cas je vous présente mes excuses si je vous ai blessée. J'étais en colère, à tort, comme toujours quand on est en colère…

—Ok.

C'est tout ce qu'elle trouve à dire. Elle enregistre l'information. Elle la traitera plus tard.

—Ce que je vais vous donner maintenant risque de vous faire de la peine aussi. C'est sans doute aussi la raison pour laquelle j'ai repoussé le moment.

Elle approche la boîte de Lyor en la faisant glisser sur la table.

—Noël faisait suivre un certain nombre de ses courriers chez ma mère. Je l'ignorais jusqu'à ce que je mette en ordre ses affaires quand elle est décédée et que j'ai vendu la maison du haut. Il y avait cette boîte avec quelques courriers, des choses administratives que j'ai failli jeter, elles étaient au nom de Noël. Je me suis dit que j'allais les donner à sa famille si je la retrouvais, une année a passé, puis deux, puis trois et vous voilà… Tout cela est à vous.

—Qu'est-ce qu'il y a dedans ?

Emma inspire, le moment est venu.

—Ce sont des comptes rendus médicaux, des analyses biologiques. Noël était malade. J'ai surpris une conversation un jour, quelques semaines avant la mort de maman. Il s'est tu dès qu'il a réalisé que je pouvais entendre mais j'ai compris le principal. Il voulait rester le bon vivant que chacun connaissait, en bonne santé aux yeux de tout le monde. Il ne voulait partager qu'avec elle, qui se savait au bout du chemin également. Il rangeait ses courriers ou les faisait expédier à cette adresse, pas de mail, pas de trace visible pour ses proches. Quand j'ai découvert cette boîte à chaussures j'ai su que je ne m'étais pas méprise. Votre père a disparu en mer bien après l'échéance que tous les médecins lui avaient prédit, mais également bien avant que nous puissions nous rendre compte qu'il était malade.

Lyor refuse d'assimiler l'information dans un premier temps. Puis la nausée et le vertige arrivent. Elle s'assied. Elle est sous le choc. De n'avoir rien vu. De n'avoir rien su. De ne pas avoir été là pour le soutenir, le rassurer, l'aimer dans cette maladie qu'elle déteste avant de savoir de quoi il s'agissait.

—Il avait quoi ?

Emma hésite à répondre, elle tient toujours la boîte entre ses mains. Elle la laisse au centre de la table et lâche :

—Sclérose latérale amyotrophique.

Lyor note mentalement, fouille sa mémoire à la recherche de signes qu'elle n'a pas vu passer, elle connaît cette maladie neurodégénérative, elle a côtoyé des personnes qui en étaient décédées dans les centres que fréquentait Lory.

—Maladie de Charcot. Je n'ai rien vu. Papa n'avait pas de troubles d'articulation ou de déglutition. Je ne l'ai pas vu gêné dans ses mouvements, il avait bien quelques raideurs mais qu'il mettait sur le compte de l'âge. Il n'avait pas maigri, il était en bonne santé…

Plus elle parle et moins sa voix est assurée.

—Son grand-père est mort de cette maladie en trois ans. À partir du moment où les symptômes se sont déclarés sa vie s'est radicalement transformée. J'étais trop jeune je m'en rappelle mal, mais papa nous a parlé de la souffrance de ses dernières années. C'était insupportable, pour mon arrière-grand-père mais aussi pour tous ses proches.

—Je crois que c'est de cela qu'il parlait quand j'ai surpris cette conversation. Il ne voulait surtout pas aller jusque-là. Il voulait que la fin de sa vie ressemble à tout le reste, sans voir vos regards se transformer. Vous trouverez peut-être des réponses dans les courriers qu'il a laissés ici.

Lyor plante ses yeux dans ceux d'Emma.

—Vous pensez qu'il est parti en bateau pour mettre fin à ses jours avant que la maladie ne l'invalide ?

—Je n'en sais rien du tout.

—Si c'est ce que vous pensez, détrompez-vous en tout cas. Ce jour-là il m'avait proposé de l'accompagner. Je ne pouvais pas, j'ai décliné. Je n'arrive même pas à vous donner la raison pour laquelle je n'y suis pas allée. Sur le moment ça me semblait incontournable, et maintenant je ne me rappelle même plus ce qui était important au point de me priver de ce moment avec lui.

Si j'y étais allée nous serions sans doute rentrés tous les deux au port. Il a dû faire un malaise, une paralysie l'aura pris de court, il était tout seul, il n'a rien pu faire… Si j'étais allée avec lui…

Elle regarde Emma, puis la boîte. Sa voisine ne dit plus rien. Elle mesure combien être messager de ce genre d'information est pénible.

—J'aurais dû vous le dire avant.

—Ça ne l'aurait pas fait revenir. C'est lui qui aurait dû me le dire.

Elle se lève, prend la boîte et se dirige vers la porte. Avant de la franchir elle se retourne :

—Je sais que vous ne me croyez pas Emma, mais il arrive que cette maladie soit héréditaire. Cela ne coûte pas grand-chose d'en parler à votre médecin. Moi je le ferai.

—J'ai regardé les signes, je saurai les reconnaître. Si j'ai une épée de Damoclès au-dessus de la tête je ne vais pas regarder au plafond. Je ne pourrai rien y faire n'est-ce pas ? Alors autant faire comme s'il n'y avait rien.

—Vous commencez à me croire alors ? Quand je vous dis que vous êtes sa fille ?

—Je ne sais pas. Je ne pense pas. Je n'ai pas envie de le penser pour être plus précise. Je ne vois pas pourquoi Noël aurait inventé une chose pareille et encore moins pourquoi il vous l'aurait dit si ce n'était pas vrai. Mais mettez-vous à ma place, cela revient à admettre que ma mère m'a caché l'identité de mon père toute sa vie et ce n'est pas entendable pour moi. Cela ne lui ressemblait pas.

—Je comprends. Merci de m'avoir dit, pour la boîte.

Emma ne raccompagne pas Lyor à la porte comme à son habitude. Elle est debout près de la table autour de laquelle elles ont discuté.

—Lyor, ne déménagez pas s'il vous plaît. Pas pour de mauvaises raisons.

—Le courrier est parti.

—C'est un détail vous le savez bien.

—Je vous tiens au courant.

Comme si la scène se répétait, elle est à peine dans la cour qu'elle entend à nouveau son nom sans parvenir encore une fois à identifier d'où on l'appelle. L'architecture des longères créé un écho diffus assez curieux. Elle reconnaît néanmoins assez distinctement la voix de Hope.

—Par ici ! Regarde en l'air !

La petite fille a en effet la tête encadrée dans l'une des lucarnes de la bâtisse de l'ouest. Lyor ignorait qu'il y avait un accès sous les pentes du toit. Hope insiste, lui fait de grands gestes :

—Viens voir !

Elle jette un œil à sa montre. Noam ne sera pas là avant une bonne demi-heure. Après ce qu'elle vient d'entendre, une diversion ne sera pas de trop et un moment avec Hope lui changera les idées à coup sûr. Elle va frapper à la porte. Titus vient lui ouvrir comme s'il avait guetté son arrivée. Il a le visage fermé. Elle lui trouve l'air sévère et dur. Elle a envie de tourner les talons mais elle se rappelle la voix enthousiaste de sa fille qui l'a hélée par la fenêtre.

—Hope m'a appelée par la lucarne. Elle m'a demandé de monter mais je peux repasser à un autre moment.

Il a toujours la main sur la poignée et laisse la porte entrouverte sans l'inviter à rentrer vraiment.

—Si ma fille a envie de vous montrer quelque chose allez-y.

Puis il ouvre la porte et désigne l'escalier, une échelle de meunier plutôt, qui monte à l'étage. Sa manière de s'adresser à elle exprime exactement l'inverse de ce qu'il dit mais elle passe outre, c'est Hope qu'elle vient voir. Cet homme-là est décidemment très inconstant, elle se fiche de savoir quelle mouche l'a piqué aujourd'hui pour qu'il soit ainsi désagréable alors qu'il s'était montré courtois et même convivial les fois précédentes.

En haut des marches il y a une porte en bois qui doit protéger le rez-de-chaussée des températures de l'étage. Quand Hope entend les pas de Lyor, elle l'ouvre et lui fait découvrir ce qui ressemble au repaire secret dont beaucoup d'enfants doivent rêver. Lyor elle-même avait imaginé ce genre d'endroit quand elle était plus jeune.

Des lucarnes, des recoins, des poutres qui traversent la pièce, plusieurs grosses malles, des étagères de livres recouvertes d'un film qui les épargne tant bien que mal du temps, des tapis au sol, un siège à bascule…

—Regarde, il a trouvé sa maison !

Posée au milieu de la pièce il y a une maison de poupée imposante. Elle doit mesurer un mètre de hauteur et presque tout autant en largeur. La façade est complètement ouverte sur une demi-dizaine de pièces et sur la pièce du rez-de-chaussée qui a été décorée pour ressembler à une cuisine. Blotti dans une petite couverture en grosse laine, Solace ronronne les yeux fermés.

La scène est surnaturelle. Le chaton en péril quelques semaines plus tôt est un pacha installé dans le confort d'une maison de poupée. Elle écoute Hope lui raconter dans le menu détail ses progrès et ses explorations quotidiennes sans le quitter des yeux.

—On l'a cherché presque toute une journée avant de le trouver ici. On avait laissé la porte du grenier ouverte quand papa faisait du rangement. J'ai eu peur qu'il soit perdu. Papa est même monté sur le toit !

—Et ça c'est quoi ?

Lyor a pris un carnet posé à côté de la maison de poupée.

—C'est mon carnet de dessin, mais papa a décidé d'écrire dessus tout ce qui se passe avec Solace pour qu'on n'oublie rien quand on ira voir le vétérinaire.

—Je peux regarder ?

—Oui tiens, prends-le.

Au fil des pages Lyor découvre tout ce que Titus a pris soin de noter, les pesées quotidiennes, les quantités de nourriture ingérées, les déplacements, l'installation pour dormir... Imaginer l'homme rustre qui lui a ouvert la porte être ainsi attentionné pour le chaton recueilli est étrange. Elle se détache de la maison de poupée, regarde le grenier qu'elle découvre et s'arrête quand elle tombe sur la lucarne côté champs. Hope l'a appelée de celle qui donnait sur la cour, mais sous le toit il y en a une demi-douzaine, orientées de chaque côté de la longère ce qui donne cette lumière douce et chaude malgré l'absence d'électricité. Elle s'approche, devinant qu'elle touche au but, impatiente tout en craignant d'être déçue. La lucarne centrale est exactement à la hauteur de ses yeux, elle glisse vers elle en regardant le sol, lève la tête mais ferme les yeux quand elle arrive à sa hauteur, elle se laisse quelques secondes pour se préparer. Alors qu'elle s'apprête à les rouvrir comme elle décachetterait l'enveloppe d'une lettre longtemps attendue, les pas de Titus se font entendre sur les marches. Avant que l'homme n'arrive à leur hauteur, elle embrasse la vue que la fenêtre lui offre et se sent immédiatement emportée par une vague de souvenirs et par une immense gratitude. Il est bien là, visible uniquement de cet angle, de cette hauteur spécifique, par celles et ceux qui veulent le voir. *L'arbre Bretzel* de son père, celui qu'il a vu grandir et s'affirmer en se réfugiant sous les toits de cette grange quand elle était encore une étable. L'arbre dont il a fait son symbole, celui par lequel il les a appelées elle et Lory toute leur vie. *Mes petits bretzels. Un jour nous irons voir votre arbre.* C'est un chêne qui a déjà connu plusieurs siècles et qui pour une raison connue de lui seul a laissé les branches d'un côté s'emmêler et se croiser, pour former un entrelac de trois cœurs qui lui donnent l'aspect typique d'un bretzel géant. *Trois cœurs pour mes trois princesses, un jour je vous emmènerai toutes les trois voir l'arbre à bretzel.* Il leur avait dessiné de nombreuses fois, Lyor pouvait le reproduire les yeux fermés, elle en avait fait le logo de Noor mais jamais elle ne l'avait vu. L'arbre est accessible par le champ mais il n'a cet aspect si particulier que de l'angle précis où la lucarne se situe, à quelques mètres du sol. *Tordu comme mon cœur quand il vous arrive quelque chose, enlacé comme j'ai envie de vous serrer en permanence, lisse et doux comme vos peaux de lait.* Il y avait un cœur pour elle et un pour Lory. Elle a longtemps cru que le troisième était pour sa mère, mais peut-être s'agissait-il d'Emma plutôt ? Elle ne le saura jamais, mais elle l'a trouvé en tout cas, ce n'était pas une légende.

—Qu'est-ce que vous regardez ?

La voix rude de Titus la sort de sa contemplation.

—Rien de spécial, je redescends, Hope me montrait la nouvelle maison de Solace.

—Ce n'est pas un endroit pour toi Hope. On va descendre la maison de poupée pour Solace, je ne veux plus que tu montes ici.

La petite ne discute pas. Elle passe tout près de Lyor et lui attrape la main.

—Tu viens on descend ?

Lyor bloque un peu sur l'attitude de Titus. Sa posture râpeuse commence à être vraiment désagréable. Il ne parle plus, il se tient debout au milieu du grenier, il les empêche de passer car il est juste en haut des marches. Il semble perdu dans la contemplation des malles et de trois grosses valises qui sont posées au fond.

—Papa ? Tu nous laisses passer ?

Il fait un pas de côté et baisse les yeux. Hope ajoute à l'attention de Lycr, sans lui lâcher la main jusqu'à ce qu'elles soient tout près de la porte :

—Ce sont les affaires de maman. Papa est toujours très triste quand il les voit.

—Hope ! Qu'est-ce qui te prend ?

Il s'est retourné vers elle et lui a parlé comme si elle avait franchi une ligne interdite. Lyor se retrouve comme prise en otage, témoin d'une scène intime entre le père et sa fille.

—C'est pas vrai peut-être papa ? Tu me dis qu'il ne faut pas être tout le temps triste, que maman sera toujours dans mon cœur, mais tu montes au grenier tous les jours et je sais bien que c'est pas que pour t'occuper de Solace ! Viens Lyor, on va dans ma chambre.

Titus regarde sa fille, abasourdi par ce qu'elle vient de sortir. Les yeux de la petite fille étaient humides et sa voix tremblait de colère mais elle n'a pas flanché, elle tire encore davantage sur la main de Lyor.

—Allez-y, je vous retrouve en bas, dit-il pour Lyor. Elle a raison. C'est aussi pour ça qu'il faut que je descende cette maison de poupée.

Hope ne conduit pas Lyor dans sa chambre. Elles s'asseyent toutes les deux autour de la grande table, ni l'une ni l'autre ne parlent. Il s'est passé bien trop de choses là-haut. Elles entendent le pas lourd de Titus qui redescend les marches, il tient dans ses larges mains Solace qui semble encore endormi dans sa couverture de laine. Il le pose sur les genoux de sa fille et reprend les marches tout de suite après. Il revient avec la maison, la pose à l'angle de la chambre de Hope et vient les rejoindre en prenant une chaise.

—Hope tu ne veux pas aller un peu dans ta chambre ?

—Si tu veux parler à Lyor sans que j'entende ça sert à rien que j'aille dans ma chambre vu que je vais écouter, autant que je reste là.

Il soupire et sourit à la fois. La petite en profite :

—Je peux prendre une noisette puisque je reste là ? Je sais les ouvrir toute seule maintenant !

Il acquiesce et la regarde prendre le casse-noisette qui semble immense dans ses toutes petites mains. Quand il voit que la manœuvre est en bonne voie il revient vers Lyor.

—La maison de poupée appartenait à Emma quand elle était petite. Elle nous a raconté l'histoire. Un ami de la famille l'a construite pour elle.

Lyor ne commente pas. Elle a reconnu la patte et la minutie de son père dans la construction de cette maison. Il en avait fabriqué une aussi grande pour Lory et elle. C'était davantage un château, avec un donjon et des tours, qui avait été le théâtre de parties de jeux infinies. Lyor parlait et bougeait les personnages en se fiant aux regards de sa sœur, elles avaient inventé des dizaines d'histoires entre les murs de contreplaqué et de cartons de leur maison magique. Titus poursuit :

—Vous avez été super avec Hope et avec Solace. Je ne vous ai pas rendu la pareille, je ne suis pas au mieux de ma forme mais je n'aurais pas dû vous parler comme ça.

—Vous n'avez pas à vous justifier. Ça arrive.

—Emma avait l'air contrarié à cause de vous, l'autre fois, quand vous avez amené Solace. Je vous en ai voulu de faire de la peine à cette femme qui fait tout pour nous rendre la vie facile, mais ce ne sont pas mes affaires.

—C'est vrai. Je vous laisse, j'ai des choses à finir et mon ami ne va pas tarder à arriver.

—Comme vous voulez. Mais à l'occasion repassez, quand vous aurez envie, qu'on refasse connaissance comme il faut.

Elle hoche la tête, elle devrait dire qu'ils n'auront pas cette occasion, qu'elle déménage dans deux jours. Elle voudrait ajouter qu'elle a de la peine pour lui et pour Hope, que leur chagrin est lourd, qu'il se voit mais qu'ils n'ont pas besoin de le cacher ou d'essayer de l'oublier. Elle a compris depuis le début que la maman de Hope était partie elle aussi pour toujours, ses photos sont partout on ne voit qu'elle. Elle voudrait dire aussi qu'elle n'a jamais voulu peiner Emma mais tout cela est beaucoup trop compliqué même pour elle. Il est plus simple de partir.

Elle n'est pas encore dehors qu'un cri de Titus la paralyse. Il hurle le nom de Hope. Lyor se retourne et voit la petite fille blanche comme un linge, les yeux ronds, la bouche ouverte et la main sur sa gorge. Titus lui tape dans le dos et crie :

—Elle a avalé une noisette ! Elle est en train de s'étouffer !

—Laissez-moi passer, poussez-vous. Hope est-ce que tu peux tousser ? Est-ce que tu peux parler ?

La petite secoue la tête, la panique se lit sur son visage. Lyor rassemble tout le sang-froid dont elle se sait capable, parle plus bas, pose ses mains avec une légère pression sur les épaules de la petite.

—Penche ta tête, ne t'inquiète pas, ça va aller.

Tout en parlant elle s'est positionnée derrière elle, à genou. Elle reproduit le geste qu'on lui a appris très jeune. Une seule compression thoracique suffit. La noisette est éjectée à un mètre de Hope qui se met à pleurer dès que l'air circule à nouveau normalement et qui se jette dans les bras de son père.

Ils restent tous les deux un long moment, jusqu'à ce que Hope dise à son père qu'elle étouffe dans ses bras cette fois et qu'il faut qu'il la laisse respirer. Titus se met à rire, enfin, et se tourne vers Lyor pour la remercier. Il pense d'abord qu'elle est partie, il ne la voit pas. C'est Hope qui s'aperçoit que quelque chose ne va pas et qui prévient son père. Lyor est au sol et elle a perdu connaissance.

18

Emma venait de raccrocher d'un appel des plus étranges quand elle a entendu qu'il se passait quelque chose d'anormal chez Titus. Son voisin a crié. Elle est sortie et à travers la porte qu'il avait laissée entrouverte, elle a vu qu'il essayait de redresser Lyor vraisemblablement sans connaissance. Elle a attrapé son téléphone et la petite mallette de secours qu'elle a toujours chez elle et s'est précipitée chez lui. Avant d'appeler les secours elle a vérifié les constantes de la jeune femme. Le pouls est lent mais régulier, la tension très basse mais Lyor semble juste avoir fait un malaise. Elle ouvre les yeux après quelques sollicitations et se rassied doucement, à même le sol, sans nouveau vertige. Emma s'apprête à refermer la porte pour éviter que l'air trop frais ne rentre mais Lyor lui demande si elle peut au contraire la laisser un peu ouverte.

—Cela va m'aider à revenir tout à fait, si cela ne vous ennuie pas Titus ? Je suis vraiment confuse, quel spectacle… Je vous demande pardon.

—Ne soyez pas ridicule, pardon de quoi ? Je ne vous ai pas vue tomber, vous auriez pu vous blesser. C'est moi qui vous demande pardon.

—Ça va aller les excuses là je crois, conclut Emma.

Une voiture vient d'arriver. Emma reconnaît Noam, elle sort le prévenir que son amie est chez Titus. Il arrive d'un pas alerte, le sourire toujours accroché aux lèvres et les yeux rieurs. Un voile d'inquiétude se pose sur son visage quand il voit Lyor. Elle s'est assise sur une chaise mais elle est toujours blanche comme un linge.

—Oh là les amis ! Quelqu'un m'explique ce qui se passe ici ? Lyor tu es tombée dans les pommes ?

C'est Titus qui s'y colle. Emma n'a pas assisté à ce qui s'est passé.

—Ma fille s'étouffait avec une noisette, elle était complètement coincée. Lyor lui a permis de l'évacuer en quelques secondes et puis elle s'est effondrée sans bruit. On ne l'a même pas vue tomber.

Emma suit les regards que s'échangent Lyor et Noam. Elle connaît l'histoire. Noël en a parlé, bien sûr. Lyor vient de revivre la scène la plus douloureuse de sa vie et cela explique amplement le malaise qu'elle vient de faire. Noam s'est approché d'elle, il s'assied tout à côté, prend sa main, lui caresse les cheveux, essuie sa joue.

—Pourquoi tu fais ça ? Je ne pleure pas.

—Bien sûr que non, tu ne pleures pas. Tu as juste les joues et les yeux humides mais ça n'a rien à voir avec des larmes.

Hope s'est approchée de Lyor quand elle a vu qu'elle allait tout à fait bien, elle l'a embrassée et puis elle est repartie voir Solace dans son habitat descendu d'un étage. Titus semble réaliser que tout ce petit monde est chez lui.

—Est-ce que je peux faire quelque chose ? Vous offrir à boire ? À manger ? Je ne sais pas comment vous remercier Lyor de ce que vous avez fait, vous lui avez sauvé la vie.

Il a prononcé ces mots plus bas, pour ne pas attirer l'attention de Hope, mais la voix de sa fille traverse la pièce dès qu'il a prononcé ces derniers mots.

—Faudra que t'apprennes ! Et à moi aussi papa, ce qu'elle a fait Lyor, pour faire sortir la noisette ! D'accord ? Des fois qu'on aurait des vies à sauver nous aussi un jour !

—Je crois qu'elle vous a parfaitement entendu ! S'amuse Noam.

Il regarde Lyor comme pour obtenir son accord. Elle lui donne tacitement et il poursuit :

—Lyor avait une petite sœur. Une sœur jumelle. Elle s'est étouffée avec une noisette sous les yeux de Lyor le jour de leurs dix-huit ans. Personne n'a pu la sauver.

Comme si elle visualisait la scène, Lyor prend la suite :

—Elle ne pouvait pas parler, ni tousser. Elle était très handicapée, depuis sa naissance. Quand je me suis aperçue qu'il y avait un problème elle était déjà en train de perdre connaissance. J'étais toute seule avec elle, mes parents étaient partis chercher le gâteau d'anniversaire. Je n'ai pas réussi à la sauver.

Emma ne sait pas pourquoi elle fait cela mais elle s'assied de l'autre côté de Lyor et lui prend la main. Les siennes sont glacées. Elle lui dit tout bas qu'elle est désolée. Elle voit dans les yeux de Lyor que ce geste et ces mots tout simples la touchent sincèrement.

—Papa on invite tout le monde à manger ? J'ai fini mes devoirs ! Et tu as dit que tu avais fait un repas pour un régiment !

Emma fond devant cette enfant si spontanée. Son père attrape la proposition et la relaie à tous. Il n'a pas l'air de se faire prier, comme si sa fille lui avait donné la parfaite occasion de lancer cette invitation. Sans se consulter tout le monde acquiesce pour ce repas improvisé, les émotions ont été fortes, un peu de légèreté fera du bien.

—Vous aimez le riz et les champignons ? Sinon vous serez à la diète, le lundi c'est risotto ici ! On ne déroge pas à la tradition.

Emma applaudit à cette tradition et propose d'aller chercher de quoi compléter le repas avec quelques fruits et une salade. Noam et Lyor s'appuient sur les connaissances des lieux de Hope pour mettre le couvert et Titus retourne vers la cuisine pour finaliser la cuisson de son plat.

Dans son salon, tandis qu'elle remplit un panier de pommes et de clémentines, Emma se remémore l'appel qu'elle a eu juste avant les péripéties de Lyor. Un coup de fil un peu mystérieux, une femme qui dit avoir été une amie proche de Noël et de sa mère. Elle prétend avoir des informations importantes à lui transmettre. Elle lui a donné le nom d'un notaire qui lui a confié des documents qu'elle aimerait lui remettre en main propre. Elle a demandé si elle pouvait venir. Emma n'est pas d'une nature méfiante, elle a dit oui, sans poser plus de questions. La femme passera le surlendemain. En fin de journée. Elle se demande si elle doit en parler à Lyor. Sa jeune voisine a eu son lot d'émotions fortes pour la journée, le temps lui semble davantage propice à la laisser reprendre ses esprits et à profiter d'un peu de bon temps.

Quand elle revient chez Titus l'ambiance a complètement changé. Les silences et les hésitations ont cédé la place à une musique plutôt entrainante, Noam et Titus font connaissance avec un plaisir non dissimulé, Hope et Lyor sont toujours en pleine observation de Solace et s'émerveillent devant chacun de ses mouvements. Ce soir elle a l'impression qu'ils vont tous mettre leurs soucis de côté, quels qu'ils soient. Elle retrouve la chaleur familiale dans laquelle elle a baigné de longues années mais nulle nostalgie ne s'invite. Elle est même un peu étonnée de se sentir soudain si bien au milieu de ces voisins qui sont encore des inconnus.

La soirée s'avance dans la nuit. C'est l'un des avantages de faire l'école à la maison avance Titus quand Emma lui demande si Hope va parvenir à se réveiller de bonne heure le lendemain matin. Le maître d'école peut s'octroyer quelques libertés sur les modalités pédagogiques mais aussi sur le rythme des journées. Hope se couchera un peu plus tard, il ne l'a pas vue profiter d'un moment comme celui-ci depuis une éternité. C'est leur première parenthèse sociale depuis que sa femme est décédée six mois plus tôt. Il n'en dit pas plus mais c'est déjà beaucoup. Ils parlent plutôt de ce choix d'éducation à la maison. Outre l'éloignement géographique dont il a eu besoin pour panser la plaie à vif, Titus a envie que Hope connaisse les arbres et les constellations, les saisons à la campagne tant qu'il y en a encore un peu, qu'elle apprenne à vivre sans aller chercher ce qui manque au magasin d'en bas à toute heure et même le dimanche. Il s'est donné neuf mois, jusqu'à la fin de l'année scolaire, il avisera ensuite.

Titus est quant à lui avide de questions sur la société qu'ont créée Noam et Lyor. Il trouve le concept pertinent, il admire qu'ils aient monté Noor alors qu'ils étaient encore si jeunes. Lyor s'efface un peu à ce moment de la discussion, Emma le voit bien, elle va à son secours et réoriente les échanges vers Solace.

Quand Titus demande à Hope d'aller se brosser les dents, il y a un petit flottement. Cela pourrait être interprété comme une invitation délicate à les laisser tous les deux mais il précise avant d'aller border sa fille :

—Si vous voulez rester j'ai d'excellentes tisanes. Ma femme tenait une herboristerie. Je dois aussi avoir quelques vieux rhums s'il y a des amateurs !

Elle ne sait plus trop à quelle heure elle est rentrée mais le réveil sonne étonnamment tôt le lendemain. Emma se souvient avoir envoyé balader un certain nombre de ses principes la veille au soir, elle a notamment ignoré le choix entre la tisane et une goutte de rhum et a fait quelques allers-retours entre les deux breuvages. Ce qui explique sans doute la lourdeur de ses paupières au réveil et cette bouche légèrement pâteuse à laquelle elle n'est pas du tout habituée. Elle se réveille avec une autre sensation. Entre les murs de la ferme l'air est moins lourd, l'atmosphère plus colorée. Elle s'est toujours sentie chez elle ici, en sécurité et en accord avec les lieux, mais elle se rend compte que la convivialité qui s'est invitée hier soir pour la première fois comble un vide dont elle n'avait pas conscience. Elle traverse les deux jours qui suivent dans cet état d'esprit. Elle n'a fait que croiser Titus, Hope et Lyor, mais les sourires et les regards qu'ils ont échangés confirment que la connivence balbutiante qu'elle ressent est partagée.

La visiteuse mystérieuse arrive pile à l'heure convenue le jour dit. Emma a proposé à Lyor de se joindre à elle mais elle a décliné. Sa locataire a reporté sa décision de déménager. Emma en est soulagée sans trop savoir pourquoi. Elle va ouvrir à la femme dont elle a entendu les pas sur le gravier. Elle doit avoir une soixantaine d'années. C'est l'élégance et la retenue incarnées. Elle porte un manteau en laine bleu qui semble exactement assorti à la couleur de ses yeux. Ses cheveux blonds, coupés en un parfait carré, souligne l'ovale de son visage. C'est une brindille se dit Emma quand elle la débarrasse de son manteau, sa fine silhouette est soulignée par la coupe en taille haute de son pantalon, assorti à la veste boléro qu'elle a choisie de porter. Pourtant avant même qu'elles commencent à échanger elle sait que cette femme n'a rien de fragile. C'est même un roc. Le contraste entre son physique de vedette de cinéma et la dureté de son regard est impressionnant. C'est elle qui prend les choses en main, elle rentre dans le vif du sujet sans détour, avant même qu'Emma lui propose un verre ou un siège :

—Je suis venue vous apporter deux choses qui vous reviennent, dit-elle en joignant le geste à la parole et en lui tendant une enveloppe kraft à bulles. Il faudra me signer le reçu que voici, qui atteste que vous l'avez bien réceptionné en main propre.

Elle prend l'enveloppe et s'attarde sur le tampon de l'office notarial qui est apposé dessus.

—Vous ne m'avez pas dit qui vous étiez exactement ?

—Vous ne me l'avez pas demandé. J'ai connu votre mère et Noël Carpentier quand ils avaient vingt ans. Je crois que c'est tout ce qui importe pour l'histoire qui nous concerne. Mais je répondrai à toutes vos questions ensuite si vous en avez.

—J'ouvre ceci maintenant ?

—Je dois m'assurer que vous prenez connaissance du contenu de ce que je vous ai remis. Si vous préférez le faire plus tard, c'est naturellement possible mais il faudra l'écrire aussi.

—La patience ne coule pas dans mes veines, la curiosité est dans mes gènes et vous l'avez drôlement piquée depuis votre appel.

Son hôte est de marbre, elle n'a pas l'intention de l'aider à détendre l'atmosphère.

—Je vais m'asseoir, vous m'accompagnez ? J'ai fait du thé.

Qui ne dit mot consent. La femme reste muette mais la suit au coin salon. Emma pose l'enveloppe sur la table, remplit les deux tasses d'eau chaude et décachette le pli sans davantage de cérémonie. À l'intérieur il y a deux documents officiels, l'un avec le tampon en relief d'un notaire, l'autre avec celui d'une mairie. Il y a aussi un livre. Elle fait glisser les deux feuilles hors de l'enveloppe. La première est le certificat de décès de Noël Carpentier, elle n'est pas surprise mais elle a quand même un pincement au cœur en pensant à Lyor.

—Sa fille est au courant ? Demande-t-elle.

—Je lui ai laissé le même message qu'à vous, je n'ai pas eu de nouvelles de sa part, il y a un exemplaire pour elle également bien sûr.

Emma passe au second document. Curieusement ce n'est pas la surprise qui prend le pas sur la bourrasque de sentiments qui la prennent à la gorge. Elle avait dû se faire à l'idée depuis que Lyor lui a parlé, cette possibilité avait fait son chemin même si elle ne se l'avouait pas, ce n'était plus invraisemblable. En revanche elle n'a pas vu venir l'immense tristesse qui la prend à la gorge. Elle attend que la vague passe et elle lit chaque mot du document officiel. Il s'agit d'un acte authentique établi devant deux notaires qui officialise la reconnaissance de paternité de M. Noël Carpentier envers Emma Le Floch, fille de Marie Le Floch. Il est indiqué en marge de ce document que cette paternité sera communiquée lors du décès de M. Carpentier selon les dispositions testamentaires établies en annexe.

Emma a repris ses esprits. Elle redresse la tête et regarde son hôte. Elle pense savoir qui elle est désormais mais elle ne lui pose pas de questions. Elle exprime tout haut la seule interrogation qui importe désormais pour elle :

—Pourquoi me l'avoir caché ? Je ne comprends pas… Ces secrets, ces faux-semblants, tous ces moments partagés sans dire la vérité…

—Vous trouverez la plupart de vos réponses dans le livre. Noël a écrit toute sa vie avec une régularité de métronome. Une à deux pages par an, parfois plus, depuis ses vingt ans. Tout est là. Ses joies, ses souffrances, ses contradictions, les choix qu'il a faits et les décisions qu'il n'a pas réussi à prendre… Ceux qu'il a aimés, la manière qu'il a eu de leur montrer.

—Vous l'avez lu ?

—Oui.

Emma devine une infime fêlure dans le visage de la femme. Son oui était moins ferme que tous les mots qu'elle a prononcés jusqu'à présent. Comme s'il avait échoué sur ses lèvres malgré elle.

—Pourquoi est-ce que vous êtes venue jusque-là Mme Carpentier ? Il est écrit ici que tout ceci m'aurait été adressé par recommandé ?

La femme ne nie pas son identité. Elle répond sans marquer aucun étonnement :

—Parce que j'ai lu ce qu'il a écrit justement. Je ne peux rien modifier au passé mais je pouvais au moins venir vous remettre cela en main propre et répondre à vos questions en vous regardant dans les yeux.

—Lyor sait que vous êtes ici ?

—Flor vous voulez dire ? Je ne m'habitue pas à ce prénom qu'elle s'est donné. Oui. Elle sait.

—Elle n'a rien laissé paraître quand je lui ai parlé de la visite mystérieuse d'une femme qui disait avoir des informations sur son père. Elle devait pourtant se douter qu'il s'agissait de vous ?

—Elle n'a pas répondu à mon message mais je sais qu'elle a reçu le recommandé ce matin. Noël avait fait imprimer ce qu'il appelait ses *croquis du quotidien* en quatre exemplaires. Un pour votre mère et vous, les deux autres pour moi et Flor, Lyor si vous préférez. Il n'a presque plus écrit après la mort de Lory. Sans trahir la lecture qui vous attend, elle en savait plus que nous toutes, mais le secret était bien gardé avec elle.

Elle n'a pas touché le thé qu'Emma lui a servi. Elle se lève et remet son manteau.

—J'ai pris une chambre à une demi-heure d'ici. Je vais rester quelques jours. Si vous avez des questions, appelez-moi, mon numéro est dans l'enveloppe.

—Je le ferai. Merci de vous être déplacée.

—Noël a laissé un peu d'argent aussi, pas une fortune mais une petite somme quand même. Vous serez contactée par le notaire dans les semaines qui viennent.

La femme quitte la pièce sans faire aucun bruit, comme si elle marchait quelques centimètres au-dessus du sol tellement elle semble légère comme une plume. Emma la regarde partir à travers la fenêtre. À peine la voiture a-t-elle tourné sur la route qu'apparaît celle de Lyor de l'autre côté, comme si elle avait guetté le départ de sa mère pour réapparaître.

19

Lyor n'a pas vraiment coupé les ponts avec sa mère. Elle prend de ses nouvelles une à deux fois par an mais elle ne l'a plus vue depuis deux ans. Un an après la disparition de Noël. C'était lors d'un déjeuner au restaurant. Noor avait fait la une du quotidien régional, Béatrice voulait célébrer cela avec sa fille, c'était en tout cas le prétexte. Elles n'avaient pas réussi à se parler. Cela n'avait pas été conflictuel, juste un déjeuner silencieux. Depuis elle lui envoie des messages, s'enquiert de sa santé, lui demande si elle a besoin de quelque chose et ne répond pas à ses appels qui se sont eux aussi espacés.

Ce mur de silence s'est dressé à la mort de Lory. Au drame et à la violence de sa disparition s'est ajoutée la révélation de l'existence de sa demi-sœur, Emma. Dans un accès de colère, Béatrice avait jeté des horreurs venues du fond de son désespoir et de son chagrin au visage de Noël. Elle n'avait pas fait attention à la présence de Flor dans la pièce d'à côté.

—C'est facile pour toi ! Après tout, tu as une autre fille ! Quel âge elle a maintenant ? Trente-huit ans si mes calculs sont bons ? Complètement normale elle n'est-ce pas ? Ni handicapée ni hyperactive ? Tu vas pouvoir aller retrouver ton autre famille maintenant que tu es débarrassé de la charge de t'occuper de la nôtre ! La vie doit être tellement plus simple de l'autre côté du miroir !

Flor était devenue Lyor. Après les funérailles de Lory elle était partie loin de chez ses parents, en essayant de vivre tant bien que mal entre la culpabilité de n'avoir pas sauvé sa petite sœur, le manque abyssal de leurs moments partagés, et la colère associée au mensonge de Noël et Béatrice. Même si son père avait commencé à briser sa promesse de silence en livrant quelques informations sur Emma et Marie, elle ne sait presque rien de la genèse de cette histoire. Le recueil de textes qu'elle tient entre ses mains et qu'il a patiemment construit au fil des années renferme les clés qu'elle a toujours cherchées. Depuis qu'elle a signé le reçu de ce colis arrivé dans la matinée, elle a manipulé l'objet dans tous les sens, elle a eu envie de l'ouvrir dix fois et a autant de fois suspendu son geste. Cette fois elle se sent prête.

Les notes de Noël, parfois tout juste rédigées, prennent tour à tour une forme épistolaire ou narrative. Il lui arrive même de parler à la troisième personne ou de reproduire un dialogue. Il est impossible de savoir à quel point il a calqué ses écrits sur la réalité ou s'il a pris quelques libertés. Lyor mesure combien il a aimé jouer avec les mots aussi, un autre de ses hobbies qu'elle ignorait. Elle a tout lu d'une traite. Maintenant qu'elle connaît l'histoire elle peut relire en s'arrêtant davantage sur certains passages. Reprendre la chronologie, essayer de mettre du sens là où elle n'a vu qu'un grand mystère toutes ces années.

« Été 1975 - À Marie.

Je me languis de cette vie qui m'attend en ville depuis des mois et maintenant que le jour est arrivé de vraiment partir je suis déjà nostalgique de toute mon enfance et de ma jeunesse. Je vais revenir te voir mais ce ne sera plus tout à fait pareil. Même si les amitiés qui naissent très tôt ont toutes les chances de durer, la distance n'est pas le meilleur engrais on le sait tous les deux. Cette dernière semaine a été si particulière. Tu m'as annoncé que tu allais reprendre le commerce de tes parents pour les soulager. Si jeune, quelle bêtise, tu avais tellement de projets. Je ne suis pas d'accord, on s'est disputés à ce sujet, je n'ai pas aimé ce moment. Mais tu n'en feras qu'à ta tête je le sais. C'est à cause de cet imbécile de Gérard, il te brise le cœur mais tu ne peux pas supporter de t'éloigner de lui. Je ne peux pas te le dire, tu es amoureuse de lui, tu n'écouteras pas. Mais si j'étais courageux je t'aurais prédit que tu cours le risque de le voir se marier sous tes yeux, de construire la famille que tu aurais voulu avoir avec lui, et d'être malheureuse toute ta vie. Parce qu'il va commencer à travailler au garage pile en face de l'épicerie de tes parents et que tu n'es pas au bout de tes chagrins…

Je ne sais pas si ce qui s'est passé hier soir était lié à ta peine d'amour, à la tristesse que nous avons tous les deux à l'idée de moins nous voir, et je ne sais pas non plus si nous le regretterons un jour mais comme tu dis, ce qui est fait est fait. C'était une parenthèse, c'est ce qu'on s'est dit, que ça ne changerait rien. C'était en tout cas un moment d'une grande tendresse, notre première fois à tous les deux, sous les poutres de la grange tout juste débarrassée de toutes les machines, avec le ciel et les étoiles qui passaient à travers le toit.

Mon amie de toujours pour toujours, je te souhaite d'être heureuse et de ne plus penser à cet imbécile de Gérard, d'avoir toujours envie de danser et de chanter, et d'avoir une pensée de temps en temps pour ton vieux copain Noël qui a passé les meilleurs jours de sa vie jusqu'à présent avec toi. »

« JANVIER 1976 – À MARIE.

Ma chère Marie. Je suis tombé amoureux. Elle s'appelle Béatrice. C'est un ange. Elle est beaucoup trop bien pour moi mais je vais quand même essayer de l'inviter à danser. »

« Juillet 1977 – Histoire de Noël et Béatrice.

Ils se comptaient sur les doigts d'une main ceux qui auraient parié dix francs sur les chances de ce grand échalas en costume trop grand quand il a demandé la plus belle fille de l'assemblée en mariage. Ils allaient tous les dimanches danser au kiosque. Ce jour-là il est monté sur une chaise devant tout le monde et a clamé sa demande avant de s'agenouiller devant sa belle. Il s'en fichait qu'on se moque de lui, mais il savait qu'il ne s'en remettrait pas si elle disait non. Il ne s'est passé ni l'un ni l'autre, elle a dit oui et tout le monde a applaudi. »

« À Béatrice 1978

Je suis l'homme le plus malheureux de la terre quand tu ne me parles plus. Cette semaine nous avons fêté notre anniversaire de mariage et nous sommes allés voir mon amie de toujours Marie, que tu n'avais toujours pas croisée depuis que nous nous connaissons. Je ne pouvais pas imaginer que notre surprise causerait la catastrophe qui s'est ensuivie. Je n'avais rien dit à Marie, notre entrée dans l'épicerie familiale devait être un moment de retrouvailles et de présentation festif et joyeux. Marie n'était pas heureuse de nous voir. Elle était toute seule dans la boutique, il n'y avait pas de clients, nous ne dérangions pas. Ce sont des pleurs dans l'arrière-boutique qui ont tout déclenché. Marie a eu le temps de broder une histoire depuis le temps que je ne l'avais pas vue. Un conte qu'elle a inventé sur mesure pour la famille et pour le village et que personne ne semble mettre en doute. Elle nous a servi le même ; elle a rencontré un musicien, un chanteur doué, un poète qui l'a faite voyager quelques mois avec lui au gré de ses concerts en France et même en Angleterre. Ils allaient se marier quand il a eu un terrible accident. Elle l'a pleuré dans son pays et elle est rentrée chez elle avec l'enfant qu'il ne connaîtra jamais. Elle était crédible son histoire, rocambolesque et surprenante mais les détails étaient là, Marie avait dû beaucoup lire pour en savoir autant sur Londres sans parler un mot d'anglais. Même toi Béatrice tu n'as pas douté de son récit. Il t'a profondément émue je l'ai vu. Ce qui ne tenait pas la route sautait pourtant aux yeux. Jamais Marie n'aurait vécu cette aventure sans m'en parler sous toutes ses coutures. Jamais Marie n'aurait eu un enfant sans me demander d'en être le parrain. Cela faisait partie de la longue liste des promesses que nous avions rédigée. Il m'a suffi de la regarder dans les yeux pour qu'elle se confonde. Elle a attendu que tu sois hors de portée de sa voix pour me supplier de garder le secret. Oui cette petite qui dormait d'un sommeil agité dans l'arrière-cuisine était ma fille, mais elle aurait une vie normale, accidentée par la mort précoce de son père avant sa naissance certes, mais il n'était pas question qu'elle soit la fille illégitime d'un homme marié, tout meilleur ami de sa mère qu'il était.

Béatrice, je ne pouvais pas te cacher cette vérité immense.

J'ai un enfant que je ne peux pas voir grandir. Elle a déjà deux ans. Même si je n'en ai pas le droit, mon cœur est quand même gonflé de bonheur. Je l'écris là puisque personne ne peut entendre l'euphorie qui est la mienne à l'idée de l'existence de cette princesse.

À toi, malgré les supplications de Marie, j'ai juste dit la vérité. Nous n'avons fait l'amour qu'une fois avec Marie, je ne te connaissais pas, nous étions emmêlés dans nos peines et nos chagrins et nous n'avons pas réalisé ce que nous faisions. Ce qui est fait est fait. Et malgré les nœuds qui viennent de se serrer tout autour de moi, comment pourrais-je regretter cette soirée maintenant que je l'ai vue ? Cette beauté de quelques mois, mon Emma. Si je n'avais pas dit à Marie l'intensité de ce que j'avais ressenti en te croisant quelques mois après mon départ, la vie aurait sans doute été différente. Elle n'a pas voulu me priver de ce que je devinais possible en te voyant, elle a fermé toutes les portes qui auraient pu s'ouvrir sur une autre issue. Elle m'a tu sa grossesse pour ne pas me mentir. Je crois que si elle m'avait dit la vérité je n'aurais jamais posé le genou à terre sous ce kiosque à musique où nous dansions tous les week-ends, j'aurais élevé cette enfant avec sa mère. Qu'est-ce qui est bien, qu'est-ce qui ne l'est pas ? Est-ce qu'il faut regretter ou se féliciter du choix de Marie ? Qu'en penses-tu Béatrice ? Et qu'en penseras-tu demain ? Ou après-demain ?

Tu m'as dit que tu ne voulais jamais en entendre parler. Que pour toi cette famille-là n'existait pas. Tu n'as posé aucune autre condition à la poursuite de notre mariage, que quoi que je fasse, où que j'aille, tu ne le saches jamais. Pour toi je n'avais pas d'autres enfants que ceux que nous aurions bientôt.

Cette conversation date de quinze jours et depuis tu ne m'as toujours pas adressé la parole. Je suis malheureux et je ne sais pas comment effacer la peine et la colère que j'ai fait venir bien malgré moi sur le plus joli visage de la région. »

« 1980 - À EMMA.

Aujourd'hui j'ai fait ta connaissance. Je ne vais pas essayer de trouver les mots pour décrire ce qui s'est passé dans ma tête et dans mon cœur. Je n'ai jamais été aussi fébrile, ma main tremble encore et mon stylo balbutie lui aussi. C'était un peu trop court mais je préfère le rôle d'ami cher que celui de père absent. J'ai apporté de quoi construire la maison de poupée dont tu as parlé à Marie. Je pense qu'elle sera prête pour l'été. »

« 1990 - À BÉATRICE.

Treize ans de mariage, nos noces de Muguet. Nous avons transformé notre salon en restaurant et sur la table il y a tous nos plats préférés.

—Tu es heureuse ?

—Bien sûr je suis avec toi.

—Tes yeux sont gris aujourd'hui.

—Ils sont de la couleur du ciel.

—Mais pas de ton cœur ?

—Mon cœur bat pour toi.

—Tu es triste je le vois bien.

—C'est la troisième fausse couche.

—Je sais.

—Tu crois que nous aurons une famille un jour ?

—Nous sommes déjà une famille tous les deux, et les médecins sont optimistes.

—Ma mère avait déjà trois enfants qui allaient à l'école à mon âge.

—Les temps changent, trente-quatre ans, tu verras dans dix ans ce sera la moyenne pour le premier enfant.

—Je t'aime. »

« 1997 – À Marie.

Ton Emma va déjà quitter le nid. Il s'est passé une vie en quelques heures. Quel bonheur de la voir heureuse, indépendante, enthousiaste et avide de croquer la vie qui l'attend. Mais quelle tristesse aussi de te voir ma Marie vieillir toute seule quand je connais les rêves qui étaient les tiens d'une famille nombreuse et bruyante. »

« 1998

Immense joie.
Immense peur.
Immense fierté.
Immense soulagement.
Aujourd'hui sont nées Flor et Lory. »

« 20 FÉVRIER 2006 – À FLOR.

Joyeux anniversaire ma Flor. Ce jour-là est notre feu d'artifice annuel. Toi et Lory êtes tellement excitées à l'idée de souffler vos bougies, de goûter les gâteaux, chocolat pour toi, vanille pour elle, et de déchirer les papiers de cadeaux, c'est une fête que de vous regarder.

Cela fait partie des jours où on oublie tout le reste pour ne prendre que ce qui brille. Vos sourires, votre complicité et votre joie de vivre à toutes les deux. Quand nous sommes tous les quatre ainsi, on oublie que Lory ne pourra jamais marcher, qu'il est possible qu'elle ne comprenne pas tout ce qu'on dit, qu'elle souffre sans doute beaucoup plus que ce que l'on peut imaginer. On ne voit que le plaisir qu'elle a à écouter de la musique, à jouer avec les objets qu'elle commence à pouvoir manipuler, et l'humour qu'elle développe malgré tout ça. On oublie que tu n'aimes pas l'école, que tu fuis presque toute forme de contact avec les enfants de ton âge, que ta manière de réfléchir et de mémoriser tout ce qui te passe sous les yeux va nous contraindre à être créatifs ta mère et moi. On ne voit que les fascinations qui sont les tiennes quand tu découvres un sujet qui t'intrigue, l'application que tu as à inventer un cahier de communication pour ta sœur, le plaisir que tu as à coucher sur le papier avec ton regard si particulier le monde qui nous entoure. On oublie que la vie est et sera compliquée, on ne voit que l'amour qui circule entre nous quatre et toute la force que nous avons pour soulever les montagnes qui nous attendent. »

Les écrits s'enchaînent ainsi jusqu'en 2014, mêlant des instantanés du quotidien à des réflexions plus générales, le ton reste résolument optimiste. Noël s'attarde rarement sur les angles sombres. Il parle de ses deux vies distinctes, sans jamais les mêler l'une à l'autre et sans jamais se plaindre de cette vie si particulière. Et puis tout s'arrête brutalement sur une date et trois mots. Douze lettres qui tombent comme une sentence.

« 20 FÉVRIER 2014

Lory est morte. »

Lyor referme l'ouvrage relié. Certaines pages sont déjà bien cornées. Elle a pris garde de ne rien abimer mais elle n'a pas pu empêcher ses doigts de parcourir encore et encore les souvenirs de son père. Elle a l'impression de le connaître encore mieux. Elle mesure combien il a été solitaire dans la traversée de ses épreuves sans qu'aucune plainte ou regret ne s'imprime jamais sur son visage solaire. Elle range les documents officiels qu'elle a reçus et les mémoires de son père dans le carton bleu où ils rejoignent les autres souvenirs. Elle sait ce qu'elle doit faire. Plus précisément elle sait ce qu'elle a envie de faire.

Elle n'a pas besoin d'enquêter, elle trouve Béatrice là où elle pensait qu'elle irait. L'hôtel situé au-dessus de leur restaurant, celui où ils ont partagé les plus hautes coupes glacées avec Lory. Elle s'annonce à la réception. On lui répond que Mme Carpentier n'est pas dans sa chambre. Elle va s'installer sur la terrasse couverte, il y fait froid, elle n'est pas chauffée, mais Lyor est bien couverte et la vue sur le port est unique.

Elle devine sa silhouette qui se découpe quand le jour commence à baisser. Le soleil se couche plus tard que partout ailleurs en France mais l'hiver approche et le jour décline vite. Elle prend conscience de l'âge de sa mère. En quelques années Béatrice semble s'être encore amaigrie, elle a l'air si fragile. Sa démarche reste assurée, sa posture droite, mais le rythme n'est plus celui de la fringante soixantenaire qu'elle a gardée en mémoire. Elle se lève pour aller l'accueillir. Après une brève hésitation de part et d'autre elles s'embrassent, du bout des lèvres, sans démonstration.

—Je nous commande un thé ?

Sa mère acquiesce et se laisse précéder. Lyor choisit une table encadrée de fauteuils confortables, un peu à l'écart du salon mais avec la vue sur le port pour chacune d'elles. Elles ne parlent pas tant que le plateau n'est pas déposé sur la table. Et puis Lyor se lance :

—J'ai reçu les documents.

—Bien.

—Avant de commencer, est-ce que tu savais qu'il était malade ?

—Oui et non. Il me le cachait, mais j'avais surpris des fragilités chez lui. Il faisait des efforts considérables pour me les dissimuler, il inventait même des choses invraisemblables à la fin. Il n'aurait pas pu continuer comme ça longtemps. Mais officiellement je ne l'ai appris que cette semaine à l'ouverture d'un courrier qu'il m'avait laissé.

—Tu crois qu'il a mis fin à ses jours ?

—Non.

Elle a répondu sans hésitation. Elle reprend, comme pour expliquer cette réponse sans appel.

—Si cette pensée l'a peut-être traversé il était incapable de la mettre à exécution. Il ne pouvait pas partir sans dire au revoir. Ton père était beaucoup trop sentimental pour ça.

—Ça sonne comme un reproche.

—Non. Au contraire. C'est ce qui me manque le plus je crois.

Lyor laisse son esprit partir avec les voiles qui claquent sur le port. Elle aimerait se laisser glisser et s'échapper en laissant de côté tout le poids de la réalité mais elle se rappelle pourquoi elle est là :

—Il faut qu'on en parle maintenant.

—Oui. C'est pour cela que je suis là aussi Flor.

Elle ne la reprend pas. C'est la première fois. Elle fait des efforts, elle veut que ça se passe bien.

—Pourquoi ces secrets ? Pourquoi n'avoir pas laissé papa vivre toutes ses paternités ? Pourquoi nous avoir privées d'une sœur Lory et moi ? Pourquoi tant de pugnacité dans la rancune ? Ce n'était pas si grave après tout, toutes ces vies en demi-teinte qui auraient pu exploser de couleurs, vraiment je ne comprends pas…

Béatrice ne regarde pas sa fille. Elle semble ailleurs, sur le quai, avec Noël peut-être, ce jour où il a largué les amarres sans revenir au port.

—C'est parce qu'il n'y a rien à comprendre. Savoir que Noël était déjà père le jour de notre mariage a été très difficile à accepter. Peut-être que le temps aurait atténué ce sentiment de trahison aussi irrationnel soit-il. Mais je n'arrivais pas à tomber enceinte, tout s'est cristallisé autour de cette histoire entre nous. Nous n'en n'avons jamais parlé, sauf ce fameux jour… Tu es bien placée pour le savoir. Et puis Marie m'avait facilité la tâche. Après tout, si elle-même ne voulait pas que cela se sache, pourquoi aurais-je pris le parti de la transparence et de la vérité à tout prix ? Notre vie s'est construite ainsi. Il y a eu de longues périodes où j'oubliais même que Noël avait un enfant ailleurs. Et d'autres fois je m'imaginais qu'il était avec elles, à tort ou pas. Il pouvait partir quelques jours, ou rentrer tard, c'était comme ça. Et puis vous êtes arrivées toi et ta sœur. Il ne disparaissait plus, ou presque jamais. Quand il s'absentait il emmenait Lory, il la faisait voyager, il voulait qu'elle ait les mêmes expériences que tous les enfants mais bien sûr, ce n'était pas tout à fait possible alors il organisait lui-même des vacances qu'il adaptait à ses besoins spécifiques et à ses envies.

Elle s'arrête de parler. Semble penser à quelque chose :

—Je pense que ta sœur a eu l'occasion de rencontrer Emma au cours de ces excursions.

Lyor ne rebondit pas. Elle le sait de la bouche d'Emma elle-même mais si elle interrompt sa mère elle risque de se fermer ensuite, elle ne l'a jamais autant entendue parler.

—Je me rends compte à quel point je me suis menti à moi-même. Tout ce discours n'est qu'une belle hypocrisie. *Noël semblait bien vivre la situation, Marie ne souhaitait pas que ça se sache*, de belles excuses toutes prêtes à servir. En réalité je le sais maintenant, je ne pourrai jamais me pardonner de ne pas l'avoir autorisé à vivre pleinement. Je me débattais entre mon incapacité à tomber enceinte et l'injustice que Marie ait eu cet enfant si facilement. Je ne me suis jamais mise à sa place ou à celle de Noël, encore moins dans la peau d'Emma... Ensuite j'ai été en colère après la terre entière, après les sages-femmes et les médecins, après moi qui n'avais pas été capable de mettre au monde mes deux filles en toute sécurité, après Noël qui conservait cet optimisme et cette joie de vivre alors que notre vie s'écroulait, après nos amis qui vivaient un quotidien d'une simplicité et d'une légèreté dont ils ne se rendaient même pas compte, après ces mêmes amis qui nous invitaient dans leur maison au bord de la mer où même un fauteuil roulant d'enfant ne passait pas les portes, après eux toujours quand ils ne le faisaient plus... Ma colère et mon sentiment d'injustice prenaient beaucoup de place... J'étais tellement égoïste et centrée sur mes difficultés que je suis devenue incapable de voir celles des autres. Je ne voyais que mon incapacité à vous élever, toi parce que je ne comprenais pas ce dont tu avais besoin, tu ne ressemblais à aucun enfant, tu ne suivais aucune règle, et Lory parce que je n'avais pas accès à ses pensées, que tout était compliqué, chaque jour, même les gestes les plus simples. J'avais l'impression de tout le temps tout faire de travers, je rêvais d'une vie plus simple, plus douce. Alors qu'en fin de compte, vous étiez toutes les deux en bonne santé, nous avions un toit et des revenus confortables, et nous nous tenions tous bien au chaud. Tout cela je l'ai compris quand Lory est morte. C'est devenu plus présent au fur et à mesure que les années confirmaient ton éloignement. Quand Noël a disparu je me suis retrouvée vraiment toute seule. Les choix de toute une vie m'ont sauté à la gorge. Je ne souhaite à personne de se regarder dans le miroir au crépuscule de sa vie et de voir le reflet qui m'est apparu.

Elle prend une gorgée de thé. Elle ne regarde toujours pas sa fille.

—L'année dernière j'ai déposé une requête aux fins de déclaration judiciaire de décès. Je ne t'en ai pas parlé, tu n'étais pas prête. Je pensais que la reconnaissance par un procureur de la République t'aiderait à accepter la mort de ton père. Quand j'ai eu l'acte de décès entre les mains j'ai réalisé que moi non plus je n'étais pas prête. Je voulais tout recommencer. Je voulais le rendre heureux…

Sa voix s'est cassée. Elle s'arrête. Béatrice n'est pas une femme qui craque. Cette fois Lyor sait qu'elle ne poursuivra pas.

—Maman… Papa était un homme heureux. Aussi incroyable que cela puisse paraître avec tous les bâtons qu'on lui a mis dans les roues, il a vécu chaque moment comme si c'était le dernier.

Il y a un long silence. Lyor réalise qu'elle vient de prononcer les mots qu'elle voulait entendre depuis des années. Ils sont sortis tout seuls, de sa propre bouche.

Une larme coule le long de la joue de Béatrice, elle la laisse s'échouer sur ses lèvres et se tourne vers Lyor.

—Et si on allait se geler le long des quais ? Il fait trop chaud dans ce salon chic non ?

Elle acquiesce et tend son manteau à sa mère. Elles se lèvent de concert et vont rejoindre l'un des nombreux souvenirs qu'elles ont en commun, ensemble cette fois.

20

Depuis le début de la semaine tout le monde se comporte d'une manière pour le moins étrange à moins que ce ne soit elle qui commence à perdre un peu la tête. À la coopérative Daniel la fait travailler trois week-ends de suite et elle est persuadée qu'elle n'avait rien noté de tel sur le planning. À la ferme c'est Titus qui lui reproche d'avoir oublié le pique-nique qu'il a prévu il y a deux semaines et de se désister au dernier moment, et pour finir Lyor qui vient la chercher au centre médical pour l'emmener choisir du tissu à rideau alors que c'est bien le dernier sujet dont elle aurait imaginé parler un jour avec elle.

Le mois de mai est arrivé avec ses lilas en fleurs qui parfument la cour de la ferme. Le ciel semble plus haut et les températures remontent enfin. Depuis six mois Emma a dû lever le pied sur une partie de ses activités et réduire son temps de travail au centre comme à la coopérative. Il lui fallait dégager du temps pour mettre sur pied le projet que Lyor et elle ont dessiné au milieu de l'hiver et qui doit se concrétiser dans une semaine. Le compte à rebours est enclenché et c'est sans doute la raison pour laquelle elle est à cran et trouve tout le monde un peu bizarre.

Elles ont parlé de cette idée un soir de novembre. C'était peu de temps après qu'elles aient reçu toutes les deux les mémoires de leur père. Noël leur avait fait un joli cadeau mais il les avait aussi bousculées avec ses souvenirs précis et des anecdotes dont elles n'avaient pas idée. Ce soir-là Emma avait descendu la boîte bleue de la haute armoire. Elle avait voulu montrer à Lyor ce sur quoi elle avait travaillé avec Noël. Un endroit conçu pour se reposer, un lieu de vacances, un espace de répit, confortable et propice au partage. Emma avait dirigé une institution quelques années, qui s'occupait de personnes en situation de handicap. Outre les lourdeurs et les lenteurs institutionnelles qui freinaient voire entravaient les meilleures initiatives, elle avait quitté ses fonctions pour retrouver un lien plus direct avec les personnes accompagnées. Elle avait eu l'occasion de mesurer combien il était compliqué également de trouver des lieux de séjours adaptés et elle en avait beaucoup parlé avec Noël. Son expérience avec Lory avait été utile et appréciable, il avait nourri son projet de précieux conseils. Au fur et à mesure qu'elle sortait les plans, les croquis, les idées et les principes clé imprimés en couleurs, elle avait vu les yeux de Lyor s'agrandir de fascination.

—Tu vas faire ça dans la grange ? C'est assez grand ? Elles étaient naturellement passées au tutoiement quelques semaines plus tôt, quand Lyor était officiellement revenue sur son préavis de déménagement.

—Je pensais faire une petite extension. Tu en penses quoi ?

—C'est fabuleux. C'est exactement l'idée après laquelle j'ai l'impression de courir sans la voir depuis des années. Un gîte conçu autant pour les personnes handicapées que pour leur famille ou leurs accompagnateurs, un endroit mixte où elles peuvent vivre au milieu de personnes valides et accéder aux mêmes loisirs en toute sécurité…

Lyor avait parlé d'une traite comme elle le faisait quand elle était prise par les émotions ou quand elle craignait de perdre le fil de ses idées. Elle lui avait confié, lorsqu'elles avaient partagé leurs émotions après la lecture des carnets de Noël, la culpabilité qui l'étouffait encore certaines nuits, de n'avoir pas pu sauver sa sœur de la fausse route qui lui avait été fatale. Emma a fait comme Noël et Béatrice avant elle, elle a assuré Lyor qu'elle n'y était pour rien mais la jeune femme vivra avec cette conviction toute sa vie.

Après cette première discussion il y en a eu d'autres, puis elles ont sauté le pas. Elles ont affiné les budgets, monté un dossier de présentation pédagogique à destination des tutelles susceptibles d'autoriser la construction et l'exploitation de cette structure atypique, et elles sont allées présenter le tout à une banque pour s'assurer qu'elles auraient les moyens de construire leur rêve à la bonne hauteur, celle de leur imagination et de leurs connaissances respectives des besoins des futurs hôtes.

Il y aura trois gîtes indépendants. Les travaux des deux premiers sont terminés. Le troisième sera construit après la première année d'exploitation si tout se passe comme prévu. Les logements actuels sont répartis sur deux étages à chaque extrémité de la grange. En dehors d'une chambre et d'espaces de rangement, tout est situé au rez-de-chaussée, chaque pièce est accessible pour les personnes à mobilité réduite. Elle ne voulait pas d'un gîte où les personnes en fauteuil ont accès aux toilettes et à la salle de bain, mais pas à la salle de jeux, ni d'un endroit où la cuisine serait trop haute pour attraper la moindre casserole ou la plus petite fourchette. Les deux endroits sont reliés par un espace commun qu'elles n'ont pas encore baptisé. Ce n'est ni un SPA ni une salle de rééducation. Cela sera un lieu de détente et d'activité physique. L'enjeu n'avait rien à voir avec le fait de récolter un épi ou une étoile supplémentaire. Ce lieu est le cœur de leur projet. Quelle que soit l'origine du handicap, qu'il soit définitif ou temporaire, les vacances sont indispensables et participent au bien-être et au soin tout autant que les traitements et un accompagnement adapté. Mais si elles impliquent l'interruption de la rééducation elles peuvent entraîner de fortes régressions ou tout au moins freiner considérablement les progrès. Dans leurs gîtes il sera possible de faire appel au kinésithérapeute ou à la psychomotricienne qui travaillent au centre de santé et qui se déplaceront sur place pour des séances. Le cabinet infirmier a signé une convention de partenariat dès qu'Emma leur a dessiné les grandes lignes du projet, tout cela a semblé évident à tout le monde. Pour autant l'espace commun ne ressemblera pas à un cabinet paramédical. Il y aura aussi du matériel pour les personnes valides, afin qu'elles puissent faire du sport en même temps et partager aussi ces moments-là sans s'oublier elles-mêmes. Le bassin du SPA n'est pas très grand mais il est adapté, et un coin repos a été aménagé. Elles sont très fières de ces deux pièces qui font se rejoindre les deux gîtes, c'était le point le plus complexe à traduire mais le résultat est à la hauteur. L'autre grand changement de la ferme c'est l'entrée par la cour. Si Emma a tenu à conserver le saule pleureur, le noisetier et un espace de pelouse au centre, elle a dû renoncer à la cour en gravier. Quel intérêt aurait le gîte le mieux pensé du monde pour des personnes à mobilité réduite si leur fauteuil étaient enlisés avant même d'y entrer ? Elles ont choisi avec Lyor un enrobé qui ne fait pas trop penser à une route ou à un trottoir, avec un revêtement solide mais qui évoque davantage les espaces protégés des jeux collectifs en plein air.

Elle attend Lyor devant le centre de santé. Elle est en retard. Elle doit bien admettre qu'elle s'est prise d'affection pour le personnage. Cette sœur tombée du ciel sur le tard est touchante et exaspérante, drôle et trop sérieuse à la fois, torturée et innocente, crédule et méfiante, elle est un paradoxe fait femme. Elle a appris à ne pas contester ses propositions tant qu'elle n'avait pas intégré tout leur cheminement, à chaque fois elle finit par comprendre. Elles ne prennent pas du tout les mêmes chemins toutes les deux mais elles poursuivent le même but alors elles finissent toujours par se rejoindre. Quelquefois Lyor s'arrête pour prendre le temps d'observer le paysage vu de la fenêtre d'Emma et reconnaît que ces décélérations peuvent être propices à de meilleures décisions. Elles s'apprivoisent et s'apprécient de plus en plus.

Mais pour le moment elle est quand même en retard. Le choix des tissus ignifugés pour le gîte était pourtant quasiment fait. Il semblait même à Emma qu'elles avaient signé un bon de commande. Elle doit confondre avec autre chose. Lyor l'a déposée au travail le matin, elle devait revenir à dix-sept heures tapantes l'entrepôt ferme ses portes à dix-huit heures. Elles ne seront jamais dans les temps. Quand sa voiture arrive elle ne regarde même plus sa montre.

—On aurait dû se retrouver là-bas Lyor, si tu m'avais laissé prendre ma voiture ce matin…

—On aurait multiplié par deux les gaz à effet de serre. Je passais devant ton travail à l'aller et au retour.

—Nous avons toutes les deux un véhicule électrique.

—Quand même.

—Bon, on rentre alors ?

—Oui. La prochaine fois je regarderai ma montre, je te présente mes excuses.

—La prochaine fois je prendrai ma voiture oui ! Et plus je réfléchis, plus je suis persuadée d'avoir déjà commandé le tissu des rideaux, un bleu roi profond et très occultant.

Lyor conduit et semble ne pas avoir entendu la dernière remarque d'Emma. Elle insiste :

—Les rideaux de chez *Les étoffes d'Élisabeth*, tu te rappelles ? On les a commandés ?

Lyor reste concentrée sur la route, elle répond impassible :

—Ah oui, tu as raison. On les a commandés.

Emma lève les yeux au plafond de la voiture et revient vers Lyor :

—Ça va toi ? Tu es vraiment bizarre ces derniers jours !

—Oui c'est très possible que je renvoie cette image. Il est temps que ça s'arrête c'est tout.

—De quoi tu parles ?

—Hein ?

—Qu'est-ce qu'il est temps d'arrêter ?

—Et bien… Les préparatifs... L'inauguration, tout cela.

—Dans une semaine Lyor. Ça va venir vite. Un peu trop à mon goût d'ailleurs. J'ai peur qu'on ne soit pas prêtes.

Elles roulent en silence jusqu'à la ferme, à moins de 10 kilomètres de là. Emma est en train de dérouler dans sa tête tout ce qu'elle a à faire jusqu'à l'ouverture officielle du gîte quand Lyor freine sans ménagement et klaxonne en même temps.

—Mais enfin Lyor !

Elle arrête la voiture à quelques mètres de l'entrée de la ferme.

—Pardon pardon ! J'ai cru voir Solace, j'ai eu une peur bleue de l'écraser, mon cœur a fait des bonds !

—C'est le pauvre animal qui a dû avoir une crise cardiaque à t'entendre klaxonner comme ça. Allez, on rentre là, j'en peux plus de cette journée.

Emma se remet tout juste de ses émotions qu'une nouvelle surprise se présente à elle quand elles arrivent dans la cour :

—Mais qu'est-ce que c'est que ça ?

—Quoi ? S'étonne Lyor. La tente ? C'est toi qui voulais non ?

—J'avais dit deux petits barnums au cas où il pleuve le jour de l'inauguration. Pas un parquet de bal sous un chapiteau une semaine avant !

—Ça tu verras avec Titus, c'est lui qui s'est chargé de cette partie-là. Depuis que lui et Noam sont inséparables, il s'est glissé dans toutes les bonnes affaires. Tu vas voir, si ça se trouve, il a eu cette tente pour le même prix que tes petits barnums.

—Bah oui mais quand même, on n'attend pas un ministre ni tout le village… C'est un peu disproportionné non ?

Elle regarde sa demi-sœur avant de sortir du véhicule. Elle n'a pas l'air particulièrement attentive à ses remarques. Elle s'approche de la tente, fait quelques pas à l'intérieur, apprécie l'installation mais persiste à la trouver démesurée.

—Vous êtes tous un peu fous quand même non ?

—Si tu le dis ! Lui répond Lyor en la rejoignant sous la tente. C'est chic moi je trouve !

—Ça, c'est chic tu l'as dit.

—Tu fais quoi ce soir ?

—Rien de spécial. Je voudrais me changer et aller faire un tour dans la grange, vérifier les sols et voir si on ne doit pas passer un dernier coup de peinture.

—Oublie ce projet, répond un peu sèchement Lyor. On ne peut pas rentrer ils ont fait les joints du carrelage aujourd'hui, faut que ça sèche.

—Tu m'as déjà dit ça la semaine dernière ?

—Oui mais là c'était les joints de l'entrée.

—Jamais vu un carrelage aussi long à se préparer.

—Si tu n'as rien de prévu, j'aimerais te montrer quelque chose là-haut.

—Quoi donc ?

—C'est une sorte de surprise, alors j'aime autant ne rien te dire.

Elle est trop fatiguée pour jouer aux devinettes, de toute façon Lyor ne dira rien de plus. Elle la suit, docile, sans essayer de comprendre. À l'entrée du logement est emballé dans un papier kraft un cadre d'une taille modeste. Ses yeux se posent immédiatement dessus.

—Vas-y, prends-le. C'est pour toi.

Elle s'accroupit et déchire le paquet. Sous le papier apparaît le nom du gîte qu'elles ont choisi toutes les deux : La grange de Lory et Noël

Les talents de Lyor ont fait le reste, la police de caractère est appropriée, sobre et élégante, le logo est unique, il ressemble à une plume mais elles savent toutes les deux qu'il représente en réalité la mèche blanche avec laquelle est née Lory.

—C'est encore mieux que ce que j'avais imaginé.

—Oui, le résultat est pas mal.

Emma sent son cœur se gonfler. Sans réfléchir elle se tourne vers Lyor pour la serrer dans ses bras. Elle sait que sa sœur n'est pas du genre tactile pourtant là elle se laisse faire et répond même à son étreinte. Elles ne se disent rien, cela dure quelques secondes, mais elles se parlent beaucoup dans ce geste. Emma inspire fort avant de relâcher Lyor et de prononcer d'un air détaché :

—Bon j'y vais moi. Je suis crevée. Un bain et au lit.

—Bonne soirée.

Elle redescend l'escalier extérieur encore un peu remuée. Quand elle tourne à l'angle elle ne voit pas tout de suite ce qui a changé dans le décor. Elle perçoit comme un bruissement, des murmures, elle est encore dans ses pensées et fouille dans son sac à la recherche de ses clés pour rentrer chez elle quand elle se rend compte. Dans le reflet de sa fenêtre elle voit distinctement la tente sous laquelle elle est passée quelques minutes plus tôt. Dans l'intervalle qu'elle a passé chez Lyor, des tables ont poussé sur le parquet et une trentaine de personnes s'est installée sous le chapiteau. Elle se retourne lentement, comme si un mouvement trop brusque de sa part risquait de faire s'envoler toutes les personnes les plus chères à son cœur qui se retrouvent comme un miracle au milieu de la ferme. Avant même de toutes les embrasser du regard, elle revit les évènements des derniers jours à la lumière de cet incroyable cadeau qui lui est fait et comprend tout à coup pourquoi tout lui semblait aller en dépit du bon sens et de la logique. Quand elle est tout à fait face à l'assemblée qui attend sage et silencieuse sous la tente, celle-ci se met à clamer en chœur : *Joyeux Anniversaire* !

Et le plus extraordinaire, c'est que ce n'est pas du tout son anniversaire.

21

Lyor n'a presque pas dormi pourtant elle est réveillée avant le lever du soleil. Elle s'installe avec son café au pied de l'escalier extérieur et guette l'aube en profitant du silence et de la fraîcheur. Hardie est matinale elle aussi. Elle a fini par adopter Solace, ou le chaton a eu raison de sa fierté, on ne sait pas trop. Ces deux-là se quittent rarement et alternent moments de jeux et de siestes sans jamais vraiment s'éloigner l'un de l'autre, en dehors des nuits où ils regagnent chacun leur territoire, la première chez Lyor, le second chez Titus et Hope.

Les images de la soirée et de la nuit dansent encore devant elle. L'émotion et la joie d'Emma étaient incroyables. Elle n'a été qu'un sourire incandescent, une silhouette virevoltant d'une table à une autre, une maman touchée, une amie reconnaissante, une sœur généreuse et démonstrative. Les dernières semaines ont été particulièrement éprouvantes pour Lyor. Elle qui abhorre le mensonge et la dissimulation a dû faire preuve de beaucoup d'imagination et de volonté pour dissimuler les secrets qui s'accumulaient autour d'Emma pour préserver la surprise. Cette idée vient de ses amies Jeanne et Sophie, épaulées par ses quatre fils. Avec l'aide de Lyor, de Titus et de Noam, tout l'environnement proche d'Emma a été impliqué avec tact et discrétion. À la fête se sont croisés les collègues du centre de santé et ceux de la coopérative biologique, les amis proches qu'Emma se lamente parfois d'avoir perdus de vue, la garde rapprochée, ses fils, leur compagne pour deux d'entre eux, et ses amies de toujours. Ils n'étaient pas moins d'une quarantaine à festoyer autour d'un buffet musical qui a ravi tout le monde. Les instigatrices de la fête étaient fières et elles avaient de quoi.

Emma a aussi reçu un message d'Éric au début de la soirée. Elle l'a montré à Lyor et lui a dit qu'elle avait apprécié l'attention. Elle se sent apaisée vis-à-vis de lui et de leur relation passée. Il semble avoir fait taire ses peurs et se prépare désormais, avec plus de sérénité, à l'arrivée d'une petite fille, après quatre garçons il était temps a-t-il même plaisanté. Lyor a également souri en voyant combien le fameux Daniel de la coopérative, celui dont Emma lui a dessiné le portrait un nombre incalculable de fois en revenant du travail, mangeait sa sœur du regard. Si ces deux-là ne finissent pas par comprendre ce qui leur arrive, elle va être obligée d'afficher les sous-titres à leur place.

Avec cette ribambelle d'invités, la grange de Lory et Noël a accueilli ses premiers hôtes avant la date prévue. C'était la meilleure des crémaillères possibles. Les gîtes, mais aussi toutes les habitations du corps de ferme, sont pleins comme des œufs. Les plus jeunes ou les moins frileux ont planté des tentes dans le champ mitoyen. Le week-end va se poursuivre dans cet esprit de partage simple et convivial, l'excitation de la surprise et de la découverte en moins.

Titus va rester une année de plus. Hope va rejoindre l'école la plus proche à la rentrée prochaine mais elle a déjà commencé à remplir son carnet d'adresses rien qu'en allant une fois par semaine à la piscine et de temps en temps au centre de loisirs de la commune. Cette année à distance du monde leur a fait du bien à tous les deux mais ils ont envie l'un comme l'autre de renouer avec une réalité plus sociable. Titus a obtenu une affectation dans le département et sera le professeur d'élèves de CM1 en septembre. Il appréhende et s'impatiente à la fois.

Lyor ferme les yeux et imagine Noam qui dort encore à l'étage. Il s'est allongé à côté d'elle hier soir, comme ils l'ont souvent fait, avec la tendresse sincère qui porte chacune de ses attentions envers elle. Il lui a pris la main en s'endormant, et pour la première fois elle a ressenti une envie de se blottir contre lui, pas pour le consoler ou pour se rassurer, juste pour être avec lui, s'unir pour partager quelque chose entièrement et exclusivement avec lui. Il l'a senti, il a rouvert les yeux, l'a regardée d'un air un peu étonné, a souri, et s'est endormi.

Ils ont convenu tous les deux qu'il reprendrait la gérance principale de Noor. Lyor continuera de siéger au conseil d'administration mais le moment est arrivé. Noam se sent désormais légitime, Lyor s'autorise une période de réflexion pour dessiner son avenir sans se précipiter. Elle lui a demandé un service la veille, elle a formulé la même demande à Emma, Titus, Hope et Naomie. Elle voudrait qu'on l'appelle à nouveau Flor. Lyor sera toujours une facette de sa personnalité, mais elle a suffisamment été écorchée pour accueillir à nouveau l'enfant et la jeune adulte qu'elle était avant de perdre sa jumelle.

Elle s'est endormie sans s'en rendre compte, en somnolant dans ses pensées elle a fini par sombrer. Elle sent une couverture qu'on pose sur elle et ce simple geste la ramène au présent. Noam est là, assis à côté d'elle, face au soleil qui est bien en place désormais. Il a ramené la petite cafetière italienne qu'elle a entendu siffler dans son rêve et il lui tend une tasse fumante. Elle prend une gorgée, il est parfait.

—Bien dormi Flor ?

Elle goûte la sonorité de ce prénom qu'elle n'a plus entendu depuis des années. Il est devenu un peu lointain mais elle va vite se réhabituer, elle le sent. Elle hoche la tête, comme si elle venait d'entériner la décision de l'accepter à nouveau :

—Cette dernière heure a été plus reposante que toutes les nuits de ces derniers mois.

—Bien.

—Quelle heure est-il ?

—Aucune idée. Emma est debout aussi. Elle a laissé ça pour toi.

Il lui donne un bout de papier déchiré. Elle le déplie et lit ce qu'elle a écrit :

Un bon jour pour baptiser la grange non ?

—Tu as descendu le panneau ? Demande-t-elle.

—Juste là oui.

Elle regarde Noam. Elle comprend ce qu'elle a ressenti de différent la veille au soir, comme si ces sept dernières années n'avaient existé que pour conduire à cet instant-là. Elle jette un œil au sol, attrape la pancarte, semble hésiter avant de se lever, se met à genou plutôt qu'en tailleur, se penche vers lui et l'embrasse, un baiser furtif, presque volé, et elle se lève juste après. Noam la rejoint et se poste debout face à elle. Il lui sourit, il lui parle avec les yeux, sans dire un mot, il danse sans bouger et elle ressent la même chose. Ce serait donc ça ? Elle a envie de rire, elle hoquette à la place, et le rire vient juste ensuite. Elle n'a pas envie d'interrompre le charme du moment mais elle ne veut pas que tout se précipite non plus. Noam doit penser la même chose puisqu'il propose d'aller chercher Emma. Elle acquiesce et lui emboîte le pas. Emma est assise dehors elle aussi, elle regarde le gîte endormi, encore à l'ombre de ce côté.

—Prête ? Demande Flor.

—Oui.

Noam leur confie la pancarte en métal sur laquelle elles ont fait graver le nom du gîte. Il s'adosse sur le mur de la maison d'Emma et les regarde se diriger vers l'entrée principale des hébergements fraîchement rénovés. L'avant-veille ils ont installé de discrets rivets sur la façade, de sorte à ce que le panneau puisse être posé sans être fixé définitivement, cela leur donne la possibilité de changer d'avis. Flor et Emma positionnent l'objet et se reculent de concert pour mesurer l'effet que cela leur fait. Elles échangent un bref regard qui leur confirme à l'une et à l'autre qu'elles approuvent ce choix. La grange de Lory et Noël vient de naître officiellement. C'est l'aboutissement de leur travail acharné des derniers mois, mais ce n'est pas la fin, c'est même tout le contraire, le début d'une nouvelle histoire pour laquelle elles foisonnent déjà d'idées et de nouveaux projets.

Achevé d'imprimer en octobre 2023
sur les presses de la Nouvelle Imprimerie Laballery
58500 Clamecy
Numéro d'impression : 310021

Imprimé en France

La Nouvelle Imprimerie Laballery est titulaire de la marque Imprim'Vert®